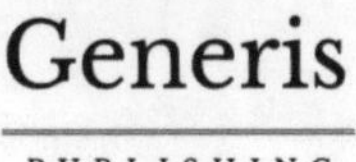

Generis

PUBLISHING

ECLIPSE

Paul MAYET

CIP a Camerei Naționale a Cărții

Mayet, Paul.

Eclipse/Paul Mayet. – Chișinău: Generis Publishing (Online Marketing Group), 2020 (Print on demand). – 82 p.

ISBN 978-9975-3348-1-5.

821.133.1-3=135.1

M 52

Cover Image: www.pixabay.com

Publisher: Generis Publishing
Online orders: www.generis-publishing.com
Orders by email: info@generis-publishing.com

A Clémence DESTELLE

Pour sa pugnacité
Pour sa patience
Pour sa générosité
Pour sa compétence
et tout ce qu'elle apporte à ce Centre remarquable
Sans oublier l'ensemble des services, toujours attentifs et à l'écoute…

Début d'une aventure

Je m'appelle Stanislas Plantevin, je vis isolé dans une villa dont le nombre de pièces permet d'accueillir la famille ou les amis de passage et, quand je suis seul, je meuble ma solitude en réalisant des sculptures sur bois. Ma taille est dans la moyenne, 1,83 mètre pour un poids de 78 kg et ma bonne santé m'a toujours semblé normale en l'absence d'excès, bien que mes proches m'aient toujours reproché de trop fumer.

Sans être un grand voyageur, je pars tous les trimestres en Corse pour 3 ou 4 jours afin de me ressourcer sur cette ile exceptionnelle où mes amis insulaires m'accueillent avec beaucoup de plaisir car je romps leur quotidien avec des anecdotes qui sont réelles pour certaines et d'autres qui sont totalement inventées mais qui ressemblent tellement à ma manière d'être qu'ils en sont dupes une fois sur deux, par contre, quand ils découvrent la supercherie, ils en rient et me chahutent un peu.

Célibataire depuis le départ tragique de mon épouse, j'ai opté pour une existence sereine à défaut de ce bonheur que j'ai perdu et cette manière de vivre pourrait être qualifiée de monotone par certains mais je n'en ai cure car elle se déroule à un rythme qui me convient. Je suis allergique aux surprises et j'aime par-dessus tout l'organisation raisonnable qui évite les possibles confusions.

Je suis dans ma soixantième année, mes activités concernent la résolution journalière de conflits entre entreprises et ceux-ci sont généralement dus à la bêtise humaine, à l'orgueil et à des manques flagrants d'ouverture d'esprit. Mon rôle d'intermédiaire actif explique ma manière d'être à l'issue de ces litiges.

Pour rompre avec la monotonie de cette existence bipolaire épuisante, et dès que je le peux, je m'isole en sculptant, entre autres, et à la tronçonneuse, des totems dans des troncs d'arbre récupérés auprès des élagueurs proches de mon domicile. Je viens d'en terminer un qui est prêt à être transporté vers la Corse … …

Et arrive ce jour que j'aurais classé dans l'improbable mais … …

Dimanche 1er juillet 2018 …

Je viens de reprendre conscience, je suis allongé sur le ventre dans mon jardin, à proximité de la porte d'accès à la maison, nez sur les dalles de l'allée, lunettes de travers et avec un des deux verres complètement opaque. Je ne réalise pas encore ce qui a pu se passer, un malaise vagal peut-être ? mais quand je tente de me relever une douleur extrême me fait hurler et je retombe anéanti dans la même position. Je reste immobile pour calmer cette espèce de décharge en provenance du bas de mon dos et qui semble encore crépiter tant elle a été violente. Je ne réalise pas ce qui m'arrive, je tente de vider mon esprit pour essayer de comprendre et, petit à petit, tout me revient.

Je n'ai pas eu de malaise mais j'ai perdu connaissance pendant quelques minutes après un choc violent au visage consécutif à un enchainement de faits stupides qui se sont associés pour aboutir à cette position couchée.

Je me revois, ce matin du 1er juillet, préparant mes affaires pour le bref séjour trimestriel en Corse et, pour agrémenter le pied-à-terre sagonais, terrain en bord de mer acquis il y a plus de 30 ans et que nous avions baptisé « Le Camp » à notre arrivée la première année du fait de l'installation de tentes en guise d'habitat. J'avais sélectionné ma dernière sculpture en bois, un totem taillé dans un tronc d'arbre, afin de la mettre dans mes bagages. Cette pièce volumineuse n'était pas très grande, 1,20 mètre, pas très lourde, 35 Kg, j'avais 2 possibilités pour son transit entre l'aire de travail, l'allée du garage et le coffre de mon véhicule, la porter ou la déplacer avec le vieux diable. Pour limiter ma peine je fis le choix de la seconde.

Les pneus de ce moyen de transport rudimentaire étaient dégonflés et, faute de pompe adéquate, je décidais de l'utiliser en l'état après un essai sur quelques mètres en marche-arrière, suite à l'échec de mes tentatives en avant. Malgré une instabilité due aux conditions précaires associées au relief du chemin emprunté, je réussissais à faire le tour de la maison pour atteindre l'ultime étape : la descente d'un léger dévers pour une mise en position de la charge devant le coffre du véhicule.

Je n'avais pas prêté pas attention à l'emplacement imposé par la configuration du lieu, ni à son encombrement et c'est en aveugle que je reculais, mais la descente devait se limiter à un pas car mon pied en mouvement a été bloqué par une boucle d'un tuyau d'arrosage qui m'a stoppé brutalement et m'a mis en déséquilibre arrière irréversible dont j'ai accéléré le mouvement en repoussant violemment ma charge afin d'éviter qu'elle ne m'écrase.

Cette double force, appliquée dans la même direction m'a mis en position assise, a limité ma course et mes fesses ont heurté avec une brutalité extrême le sol en béton. Douleur fulgurante qui m'a immobilisé quelques secondes avant que je ne prenne conscience de ma situation inconfortable. Le moindre mouvement m'arrachait des gémissements involontaires mais je ne pouvais pas rester dans cet équilibre précaire et extrêmement douloureux et c'est en serrant les dents que je me suis balancé, en hurlant, sur le flanc droit où je suis resté figé, savourant le mieux-être procuré par l'atténuation partielle de mes affres.

Après quelques secondes ou quelques minutes, je ne savais plus, j'ai basculé sur le ventre avec beaucoup de précautions pour tenter, à l'aide de mes bras, de me hisser mais en vain, la souffrance et mes jambes mortes ou incontrôlables ne me permettaient pas de me relever. Après réflexion et un court repos je décidais d'aller en rampant vers le coffre de la voiture, qui était resté ouvert, afin de récupérer mes bâtons de marche restés à ma portée. Les deux mètres parcourus ont été une véritable torture. Ma tâche accomplie, j'ai fait une nouvelle pause avant une dernière reptation vers mon point de départ proche d'un des piliers de l'arche d'entrée. Je voulais m'en servir comme support une fois plus ou moins dressé grâce à mes deux appuis.

Nouveau répit au cours duquel j'ai décomposé mentalement les mouvements à entreprendre pour me retrouver debout : Prise en mains des bâtons dont les pointes seraient positionnées à hauteur de mes épaules, traction soutenue sur les poignets pour redresser mon torse avec glissement de la partie inférieure pour me permettre, dans un premier temps, de me mettre sur les genoux. Cette démarche m'a semblé faisable et, à ce moment-là, je bloquais mon souffle pour concentrer mes efforts sur mes deux bras.

Ma poussée a déclenché un élancement foudroyant et m'a arraché un hurlement qui a dû être entendu par tout le quartier car cette espèce de déchirement avait été insupportable, il m'avait fait lâcher mes deux cannes et mon visage ainsi que le coude droit ont frappé le sol, me laissant groggy pendant un certain temps. Revenu à moi, face ensanglantée contre terre, je fais un rapide bilan de mon état car, en plus d'un constat sur l'impossibilité de bouger la partie inférieure de mon corps, je venais de l'aggraver par l'éclatement d'une arcade sourcilière et une paralysie partielle de la main droite.

Je reprends ainsi mes esprits et, abattu, je reste couché au sol sans autre solution que celle d'appeler mes enfants à l'aide. Je réussis à extraire de la poche arrière du jean mon portable mais celui-ci reste éteint malgré toutes mes tentatives de remise en service. Il est 13h30 mais, dans ce quartier tranquille, pas un bruit ni un chat en ce début d'après-midi de dimanche et je risquais de rester des heures avant d'avoir un secours. Je ne pouvais que compter sur le passage d'un ami qui devait m'apporter des affaires à déposer en Corse, mais il n'avait pas la clé de mon portail, dans mon état je ne pourrais pas aller lui ouvrir et la télécommande était hors de ma portée.

Mes moindres mouvements étaient assortis de douleurs effroyables et je ne pouvais me déplacer qu'à l'aide de mes coudes, corps figé que je tirais et trainais à la force de mes avant-bras, j'ai franchi ainsi les 2 marches du palier de l'entrée, la porte d'accès étant restée ouverte, je peux poursuivre dans le hall, j'amorce un virage pour me diriger vers la gauche et une épée me traverse le dos et me fait perdre à nouveau connaissance.

Je reviens à moi sans aucune notion du temps passé et je reprends ma reptation pour tenter d'atteindre mon lit, plus confortable que les dalles de marbre que je n'avais jamais vues d'aussi près.

Ma couche douillette m'accueille enfin et je tente de me détendre en relâchant mes muscles contractés, sans autre résultat qu'une tension plus importante par peur que cette relaxation ne déclenche une nouvelle crise de feu dans mes reins.

Je reste là, sans bouger et vers 18h j'entends un bruit de moteur suivi de l'arrêt d'un véhicule. Je me mets à crier à plusieurs reprises le nom de l'ami qui devait passer me voir, sans être certain que ce soit lui.

J'entends une réponse et le dialogue s'instaure :
- *Gilles force la serrure du portail et viens me rejoindre je suis immobilisé*
Silence, puis :
- *D'accord … … mais que se passe-t-il ?*
Soulagé, mais à bout de force, je ne lui ai pas répondu.

J'ai entendu le portail s'ouvrir et des pas précipités suivis d'un bref moment d'arrêt et reprise de la course.

Gilles n'a pas prononcé un mot en arrivant devant moi car il avait vu le sang dans l'allée, des traces sur le carrelage et il a fait immédiatement le rapprochement avec l'état de mon visage sans encore comprendre ce qui avait bien pu se passer.

- *Tu as fait un malaise en sortant de voiture ou en la chargeant ?*
- *Non, pas d'étourdissement, mais un accident stupide,* et je lui raconte ma mésaventure.
- *Tu as appelé les pompiers ou le SAMU ?*
- *Personne, c'est une chute sur les fesses et la douleur va passer après un petit repos.*
- *Tu es tombé depuis combien de temps ?*
- *5 heures à peu près …*
- *Tes douleurs se sont calmées ?*
- *Non, je dirais même au contraire …*
- *Tu ne peux pas rester comme ça et,* joignant le geste à la parole, il appelle les secours avant de prévenir mes enfants.

Moins de 10 minutes plus tard les pompiers apparaissent et, avec efficacité et un maximum de précaution, me placent dans une espèce de cocon gonflable qu'ils installent dans leur véhicule. Entre temps mes deux fils étaient arrivés et ils demandaient aux secouristes de me conduire aux urgences de l'hôpital-Nord où j'étais attendu.

Tout est allé alors très vite avec ma prise en charge immédiate grâce à l'intervention et la présence d'un ami médecin qui avait interrompu son repos dominical pour tout organiser, dont une radiographie immédiate, véritable supplice au cours des manutentions nécessaires et permettant de placer mon corps dans des positions conformes aux prises de clichés, suivi d'un scanner et de toutes les analyses habituelles si une éventuelle intervention chirurgicale s'avérait nécessaire.

Je n'étais qu'une boule de souffrance et, même parfaitement immobile, j'avais des élancements peu supportables qui, pareils à une onde de choc, irradiaient tout mon corps avec des pics d'intensité qui me mettaient à la limite de la perte de conscience. J'étais dans un état semi comateux qui ne me permettait pas de noter les traitements anti-douleur appliqués mais je finissais par ne plus rien sentir, j'avais l'impression d'être sorti de ma carcasse, non pas pour planer et voir autour de moi, mais pour me désagréger, ne plus exister et perdre toute notion de temps, de matière et de lieu.

J'ai repris conscience, ou je me suis réveillé, je ne sais pas trop, mais j'étais dans un lit avec autour de moi mes enfants et mon ami médecin qui tous me regardaient avec un grand sourire. C'est l'ainé qui a pris la parole :
- *Tu peux te vanter de nous avoir fait peur.*
- *Où je suis ?*
- *Provisoirement dans le service de Stéphane mais tu vas être transféré au centre de rééducation Les Tilleuls dans l'après-midi pour quelques semaines.*

Je suis un peu sonné par ce « *quelques semaines* » et c'est à ce moment-là que j'apprends que la violence de ma chute s'est traduite par une triple fracture, bassin, sacrum et col du fémur, qui ne nécessitait aucune opération chirurgicale mais une immobilisation totale sur le dos pendant 4 semaines avant de pouvoir reprendre la position assise.

A l'issue de ce premier terme, nouvelle période de 4 semaines en mobilité très réduite avant d'envisager ma rééducation qui ne pourrait se faire qu'en piscine. Les chiffres donnés étaient théoriques et correspondaient à la durée moyenne de consolidation des fractures avant que je puisse avoir un début d'autonomie en béquilles.

J'entendais plus que je n'écoutais, perdu dans mes pensées générées par cette succession d'attentes passives au cours desquelles je devrais avoir la patience de laisser mon organisme se reconstruire. J'appréhendais la période d'immobilité que je pensais ne pas pouvoir tenir mais c'était sans compter sur les signaux d'alarme donnés par mes membres inférieurs dès qu'il y avait une tentative de mouvement. Il m'était impossible de tousser et encore moins d'éternuer sans déclencher, un peu comme le jackpot d'une machine à sous, toute une série d'avertisseurs extrêmement éprouvants qui ne résonnaient qu'en moi.

Deux jours plus tard au cours desquels j'avais été gavé de cachets et perfusions de sédatifs puissants, le transfert de l'hôpital au centre était effectué dans les meilleures conditions et j'arrivais dans ce nouvel environnement spécialisé sans même m'en apercevoir, les drogues ayant fait leur effet.

Le centre de rééducation

Placé dans une chambre individuelle, je fais la connaissance de l'équipe médical et, conscient de tout ce que j'allais endurer, le médecin en charge de mon suivi prescrit une panoplie d'analgésiques dont, en dernier recours, et en cas de besoin, de la morphine absorbée le soir après les 4 séries de remèdes de la journée. Sans réellement en prendre conscience, je suis assommé par tous ces produits et mon temps se partage entre éveil lucide, somnolence, sommeil et perte total de repère qui me brouille presque tous les sens.

Je suis totalement assisté dans cet établissement remarquable, et par un personnel qui l'est tout autant, des aides-soignantes aux médecins en passant par les kinésithérapeutes et le personnel d'entretien. Leur empathie est réelle et se ressent dans leur comportement qui n'est pas un mot d'ordre mais une bienveillance générale donnant l'impression d'être pris en charge par une famille dévouée au bien-être des pensionnaires.

Pendant les trois premières semaines, figé sur mon lit un peu comme une statue d'albâtre, je n'ai perçu l'alternance des jours et des nuits que par la luminosité du soleil ou de l'éclairage artificiel. Quand je ne fixais pas le plafond, mon horizon était limité au mur du fond de ma chambre et, en regard panoramique, à une portion de fenêtre à gauche et l'ouverture de la salle de bain à droite. C'est un nouveau chez moi que je superpose à celui que j'ai quitté involontairement.

Aucun souvenir des trois premiers jours, gommés par un abrutissement psychologique et médicamenteux qui allait en s'atténuant. Dans la nuit du troisième, vers 3 heures du matin, je suis réveillé par une envie d'uriner, pensant être conscient alors que je suis sous l'effet de la morphine prise quelques heures avant, je décide de descendre du lit pour aller aux toilettes.

Dans le clair-obscur de la chambre je constate que mon bras droit est relié à une potence par l'intermédiaire de tubes raccordés à des poches transparentes, sans réaliser que je suis sous perfusion, mes narines sont reliées, par des embouts, à un tuyau qui est, je ne l'ai su qu'après, une alimentation en oxygène. Accessoires embarrassants que je supprime en les arrachant. Nouvel obstacle, la rambarde du lit que je ne peux pas abaisser et, pour découvrir le mécanisme, j'actionne ce que je crois être la lumière mais c'est le clignotant de l'appel infirmière que j'enclenche, très rapidement, une aide-soignante ouvre ma porte pour s'informer du motif de ce signal.

Quelle n'est pas sa surprise en voyant le spectacle offert et qu'elle traduit par :
- *Mais qu'avez-vous fait ?*
- *Rien et c'est par erreur que je vous ai appelée, je voulais commander l'éclairage et je me suis trompé de bouton …*
- *Je ne vous parle pas de ça mais de tout ce sang … Oh mon Dieu … vous avez arraché votre perfusion …*

Je ne comprends pas trop mais, après avoir fermé le petit robinet de la seringue d'injection qui est restée fichée dans mon bras, elle appelle de l'aide pour qu'une femme de ménage se charge du nettoyage de la flaque de sang puis je la vois s'affairer afin de remettre tout en ordre en me promettant de me sangler sur mon lit si je cherchais à recommencer.

Passif, cette suractivité m'a sorti de ma torpeur et a réactivé mes souffrances qui m'entrainent dans le brouillard de l'inconscience, je replonge dans le sommeil qui est interrompu toutes les heures pour des contrôles d'oxygénation, de prises de sang et d'absorption de panacées de toutes sortes.

Au matin, à l'heure du petit-déjeuner l'infirmière de service me fait un compte-rendu de ma nuit agitée en s'étonnant de ma tentative puisque j'étais dans l'incapacité physique de faire le moindre mouvement et elle attribue mon acte à la morphine qui avait dû me shooter malgré la dose infime absorbée. Je demande alors de supprimer ce sédatif qui ne semble pas me convenir.

Quatrième jour et moment de lucidité au cours duquel je m'aperçois de ma situation de tortue sur le dos incapable de se remettre sur ses pattes et où seule la tête et mes bras sont mobiles, pour regarder dans tous les sens afin de prendre mes repères. 8 heures, petit déjeuner servi sur un plateau posé sur une table à roulettes et première gymnastique de mes membres supérieurs pour saisir la potence au-dessus de ma tête et hisser, avec des élancements atroces, mon corps en position repas. Je découvre également les mécanismes du lit qui permettent de le relever et d'incliner la partie haute pour être à la bonne hauteur.

Après avoir absorbé un café tiède et grignoté deux biscottes, je me détends un peu et un tapotement sur la porte me signale l'arrivée d'une aide-soignante qui, tout sourire, m'annonce que c'est l'heure de ma toilette et du remplacement de ma protection, je la regarde un peu surpris car je n'ai pas réalisé que, comme un bébé, je suis équipé d'une couche pour contenir mes défécations. Moment horrible au cours duquel cette jeune personne relève le drap, défait cette espèce de paquet placé entre mes jambes et entreprend de me nettoyer avec précaution.

Je me sens honteux et elle tente de me rassurer en m'expliquant qu'elle a l'habitude d'accomplir cette tâche un peu mécaniquement et qu'il n'y a aucune déchéance dans l'accomplissement de cet acte.

Ce n'est pas tant d'être langé comme un nourrisson qui me choque, c'est cette toilette intime, moi qui suis si pudique, qui me semble dégradante mais, comme elle me le précise :
-   *Vous devez en prendre votre parti puisque vous allez subir ça pendant plusieurs semaines.*

Une fois bien propre, c'est le médecin qui vient faire sa visite, une grande et belle femme, toujours souriante même quand elle annonce les pires choses comme mon programme à venir qui commencera par cette obligation de rester immobile pendant les semaines à venir, suivies par celles en fauteuil pour arriver aux 3 dernières au cours desquelles ma rééducation serait complétée par de la balnéothérapie pour les exercices de marche.

Je profite de ces détails de mon emploi du temps pour évoquer mon problème de main droite. Toujours très affable elle me renseigne :
-   *En ce qui concerne la paralysie partielle de votre main droite, celle-ci est consécutive à la compression du nerf ulnaire au niveau du coude et, après un examen électromyographique (EMG) pour confirmer son écrasement, déterminer le site de la compression et la sévérité des lésions, les médecins proposeront les solutions les plus appropriées. Je pense à des infiltrations dans un premier temps et, en l'absence de résultat, intervention chirurgicale qui ne serait pratiquée qu'après votre rétablissement total.*

Le rythme est pris et mes journées se partagent entre le passage des infirmières pour des injections d'anticoagulant, la remise de pilules de couleur uniforme mais de tailles différentes et les visites de mes proches, famille et amis, pour me soutenir le moral. Seul, je ne peux rien faire d'autre que penser, observer et contempler le plafond car l'écriture n'est pas possible et la lecture est épuisante.

Le séjour

L'état de patient dans ce centre spécialisé de rééducation me rend dépendant à plusieurs titres, en premier pour tout ce qui concerne la vie courante, lever, coucher, toilette, soins, repas et même pour m'habiller avec mes tenues très simples, short, tee-shirt et bas de contention. Infirmières et aides-soignantes semblent être à ma disposition tant elles sont disponibles et souriantes.

Au terme de cette troisième semaine, je peux m'asseoir, un fauteuil roulant m'a été attribué et je peux enfin changer d'horizon,

Le médecin traitant en charge de l'étage où je suis hébergé est, comme déjà précisé, une belle femme que j'estime grande à partir de ma position assise et dont je ne pourrai évaluer la taille réelle que quand je serai debout, avec ou sans béquilles.

Elle dirige son service avec rigueur, mais avec une compétence certaine, et en se souciant en permanence de l'état de ses patients ainsi que des éventuels maux qu'ils pourraient ressentir. Ses visites dans les chambres sont un réconfort certain et même les plus grincheux l'accueillent en souriant.

L'expression attribuée à Jean-Baptiste Bernadotte, ce simple soldat français né à Pau et devenu, après moult péripéties, roi de Suède et père de la dynastie régnante, *"il faut, pour gouverner les Français, une main de fer recouverte d'un gant de velours"* lui convient parfaitement.

A postériori, et après être sorti de cet établissement remarquable, je m'aperçois que le séjour a été exceptionnel à plusieurs titres, en premier lieu, le temps passé, extrêmement long mais qui semble maintenant avoir été contracté en une période faite de multiples changements qui m'ont transformé, ni en bien, ni en mal, mais en autre chose, en second, la découverte des personnalités cachées des béquillards et des chaisards qui se livraient presque sans pudeur tant ils se sentaient dans un autre monde et, en dernier, la découverte d'une sérénité que je ne pensais jamais atteindre.

Béquillards et chaisards, qualificatifs qui désignent ces patients ou ces internés involontaires, dont je fais partie, pour qui les moindres déplacements nécessitent des béquilles ou des chaises roulantes. Ces asservissements indispensables ne font qu'amplifier notre mal-être qui se traduisait par des épanchements presqu'intimes mais qui restaient toujours pudiques.

C'est un peu cette avalanche de confidences de femmes et d'hommes qui m'a rendu serein car, dans mon cas, je ne pouvais raconter, ou ressasser que mon accident stupide, la confession n'était pas mon fort car, habituellement j'avais un autre moyen de traduire mes états d'âme en écrivant des poésies un peu particulières qui m'associent aux « Fleurs du mal » de Baudelaire avec un thème lancinant traduit par l'un de ses poèmes reproduit partiellement :

« Fleurs maladives »

La sottise, l'erreur, le péché, la lésine,
Occupent nos esprits et travaillent nos corps,
Et nous alimentons nos aimables remords,
Comme les mendiants nourrissent leur vermine.

Nos péchés sont têtus, nos repentirs sont lâches ;
Nous nous faisons payer grassement nos aveux,
Et nous rentrons gaiement dans le chemin bourbeux,
Croyant par de vils pleurs laver toutes nos taches.
… … …

  C'est l'Ennui ! — l'œil chargé d'un pleur involontaire,
Il rêve d'échafauds en fumant son houka.
Tu le connais, lecteur, ce monstre délicat,
— Hypocrite lecteur, — mon semblable, — mon frère !

Fauteuil roulant

Au cours des derniers jours de cette première période, sans vraiment s'estomper, mes maux se sont atténués et, comme le veut le protocole, des brancardiers allaient pouvoir m'installer sur un fauteuil roulant, la position assise, pendant des temps qui iraient en s'accroissant, étant autorisée et nécessaire à mon rétablissement.

21 jours couché et transfert du lit au fauteuil avec un maximum de délicatesse afin de voir si je supporte bien ce changement. Pas de remarque particulière, la position est acceptable et il m'appartient de me familiariser avec ce moyen de déplacement pour circuler dans la chambre et dans les couloirs avec, comme seules contraintes, l'interdiction que mes pieds touchent le sol, et faire appel à de l'aide pour m'y installer puis pour me remettre au lit.

Pendant les jours suivants, je multiplie les déplacements pour maitriser mon carrosse et à la fin de la première semaine je suis devenu un maître en la matière avec des demi-tours sur place et une vitesse qui me permet de doubler un bon nombre de poussifs. Cette autonomie relative me donne également accès au restaurant pour les déjeuners et lors de ma première arrivée dans la salle à manger je constate que 70 à 80 pensionnaires bénéficient du même privilège.

Placé à une table de 4, je savoure cette espèce de liberté et j'échange avec mes convives, 3 femmes d'un certain âge, qui semblent ravies d'être en ma compagnie. J'observe cet ensemble d'éclopés dont les difficultés de déplacement ne sont pas les seuls maux puisque ceux-ci vont des vertèbres cervicales à la pointe des pieds, certains cumulent l'ensemble et d'autres n'en subissent qu'une partie, soit un bras en partant de l'omoplate ou une jambe associée au col du fémur.

Les origines sont diverses, des accidents de moto à ceux de la vie, aussi stupides les uns que les autres avec, en l'espace de la micro seconde au cours de laquelle se produit l'**Evénement**, un basculement total de situation par le passage de ce que l'on considère comme un état normal à celui de la suppression de toute autonomie.

Sans faire de comparaison, beaucoup se disaient chanceux d'être moins atteints que certains comme ce jeune qui, après que sa voiture a percuté violemment un arbre, se retrouvait affublé d'une minerve pour soutenir ses cervicales, d'un corset qui maintenait ses côtes fracturées, d'une prothèse totale de hanche et d'une jambe sanglée dans un support métallique. J'estimais également que je n'étais pas à plaindre puisque dans ce cas similaire au mien, triple fracture du bassin, il avait dû subir une réduction de ses fractures, c'est-à-dire l'alignement des fragments osseux suivi d'une ostéosynthèse[1]. Je l'appelais la Fracture.

J'arrête de penser et, pour compenser le liquide teinté servi en guise de café à la fin du repas, je quitte la salle pour me rendre à la cafétéria où je commande un expresso serré servi sur la terrasse où tous les fumeurs se retrouvent pour échanger avant un retour en chambre ou en exercices divers.

L'infirmité provisoire crée des liens et l'uniformité des patients, en chaise, béquilles ou déambulateur, permet le rapprochement peu courant dans le monde des bien-portants. Très peu s'apitoient sur leur sort et les discussions portent sur l'origine de leur handicap, sur la durée de leur séjour et, bien sûr, sur leurs dates de sortie. Sans être joyeuse, l'ambiance est bon enfant et, là aussi, les confidences sont quelquefois étonnantes. Je découvre un monde dans lequel je vais vivre autre chose pendant la courte durée d'un ou deux cafés et d'un cigarillo, car je me suis remis à fumer.

Dans la journée, la routine est rompue par les séances de rééducation dirigées par des kinés pleins d'empathie, ce qui nous donne l'impression, à la fois, d'être compris et d'être leur unique élève. J'admire leur patience et leur sourire ou leur approbation pour un exercice réussi, ce qui est réconfortant.

Les fréquents déplacements sur mon engin roulant vont me donner des épaules de catcheur et je prends garde à tous les dénivelés que j'aborde en marche arrière car, lors d'une de mes expériences en marche avant, la chaise s'est brutalement cabrée et j'ai failli basculer sur le dos.

Le temps s'écoule plus ou moins vite selon les activités et arrive enfin celui de la balnéothérapie et de ma première baignade. C'est avec un certain plaisir que j'entre dans l'eau de la piscine à 33° à l'aide d'un palan et sur un siège adapté par défaut de motricité autonome.

---

[1] *L'ostéosynthèse est une* **opération** *chirurgicale qui consiste à maintenir entre eux les fragments d'un os cassé, grâce à des matériaux métalliques tolérés par l'organisme et de forme adaptée à l'élément traité.*
On effectue cette opération quand la réduction du foyer "fracturaire" (remettre les fragments osseux face à face) ne peut pas se faire par des manœuvres extérieures ou lorsque qu'il persiste une instabilité.

Nouvelle prise de conscience d'une dépendance peu supportable quand on est un actif … presqu'effréné, et qui est toujours allé seul au bout de ses actions, les plus folles soient-elles.

Être hissé par un moyen mécanique motorisé rudimentaire, à la vitesse d'un batracien fatigué, sous les regards goguenards des baigneurs, avait de quoi m'énerver mais je rongeais mon frein.

La balnéothérapie

Quel bonheur, je peux enfin me tenir sur mes deux jambes mais à condition de ne pas forcer sur la gauche car il y a un risque de répercuter la surcharge sur mon bassin encore fragile. J'ai l'impression de revivre et tous les exercices donnés par le kiné se font sans effort et sans aucune douleur, je sens que mon calvaire va arriver à sa fin.

Tous les jours j'attends avec impatience que l'heure du bain arrive pour jouir de mes facultés retrouvées pendant trois quarts d'heure mais le retour en fauteuil me déprime car je redeviens un cloporte.

Mes compagnons de bassin sont tout autant satisfaits, ils ont la mine réjouie et ils suivent à la lettre les instructions de notre entraineuse pour progresser au mieux et sans douleur. Ce coach est une jeune fille brune, bien proportionnée, et elle est très attentive à la bonne exécution des séries d'exercices qu'elle nous demande de faire.

Séances épuisantes par la brièveté des pauses entre chaque mouvement mais qui sont rendues nécessaires pour l'amélioration de l'état de chacun.

Là aussi, la rigueur et le sérieux sont de mise et son sourire, à l'issue de ce temps de calvaire, nous réconforte et nous donne la force de revenir le lendemain mais nous attendons avec une certaine impatience la fin de semaine afin de savourer ces deux jours de trêve au cours desquels l'assistanat est minimum.

Les béquilles

Après un temps estimé nécessaire, je subis des examens de contrôle et le radiologue confirme la consolidation de mes fractures et je passe du fauteuil roulant au déambulateur puis aux béquilles, quelle joie, mais aussi quelle galère dans un premier temps car il faut s'adapter à ce prolongement des bras ou à cette aide à la marche en tenant compte des conseils des éducateurs dont la crainte est la chute par manque de pratique.

Mes premiers pas sont hésitants et se font avec beaucoup de précaution avant de me mettre à circuler en prenant garde au bon appui de ces embouts caoutchoutés qui risquent d'être traitres s'ils ne sont pas bien posés à plat. On m'observe, on me corrige, on me reproche ma fébrilité pour mieux évoluer et on me demande de me tenir bien droit et non courbé vers l'avant.

J'évolue assez vite dans cette discipline et je passe du clan des roulants à celui des béquillants pour tendre vers le déplacement sur trois pieds et ce dès que ma jambe gauche sera capable de supporter plus de la moitié de mon poids.

Ma kinésithérapeute s'y emploie en prodiguant ses conseils et ses reproches sur un ton qui est adouci par un charmant accent espagnol et un sourire permanent. Son type catalan est marqué et je l'imagine plus en robe folklorique et prête à danser la sardane plutôt que dans sa tenue blanche et stricte d'intervenante. Son charisme et sa simplicité font tourner la tête d'une grande partie des personnes de l'établissement, tout genre confondu.

Le provisoire de la maison

Après des semaines de travail je passe de la position couchée à celle debout et je maîtrise enfin la marche à quatre pattes, jambes et béquilles, celle à trois ne m'étant pas encore acquise, mais je remplis les conditions pour obtenir une permission de sortie d'une journée afin de regagner mon domicile et me familiariser avec les lieux en utilisant le fauteuil roulant, le déambulateur et les béquilles, avant un retour définitif.

Au terme de ces huit semaines d'absence, je retrouve mon chez-moi avec beaucoup de bonheur car ce bref passage est significatif de la fin d'une géhenne[2], le mot est un peu fort, et les prémices d'une liberté d'actions que je vais enfin retrouver.

Un de mes fils me prend en charge, accompagné de ma chienne afin de tester son comportement et ses réactions. Elle semble me retrouver avec beaucoup de joie mais ma position assise et mes déplacements en roulant ou sur le prolongement de mes bras l'intriguent. Elle reste à une distance respectueuse mais elle semble quémander mes caresses par des mouvements corporels significatifs.

Je note toutes les difficultés que je serai susceptible de rencontrer à mon retour définitif afin d'y pallier d'une manière ou d'une autre. La première concerne le choix du fauteuil roulant dont l'encombrement doit me permettre de passer toutes les portes ainsi que les passages étroits. La seconde se rapporte à la cuisine et à la préparation de mes plats en station assise et un tabouret de bar semble faire l'affaire. Pour la dernière, l'accès à mon lit ainsi que les tentatives de coucher/lever s'avèrent plus faciles que ce que j'avais imaginé.

Le bilan est positif et il ne me restera plus qu'à convaincre mon médecin, gardien de bagne, pour regagner ma maison en toute tranquillité. La tâche sera ardue mais, à condition d'avoir quelqu'un en permanence pour m'assister pendant les premières semaines, mon bon de sortie devrait être acquis.

Mon frère et ma belle-sœur me proposent alors de venir passer une semaine en ma compagnie et ils deviennent ainsi mon sésame inattendu si j'évite de mentionner la brièveté de leur séjour.

---

[2] **Géhenne :** *Souffrance presque intolérable ; supplice, torture*

Je m'arrache avec regrets de mon cocon en formulant des vœux pour que le temps s'accélère, pour de multiples raisons, redevenir enfin autonome, m'occuper un peu mieux de ma maison, me remettre à écrire, récupérer l'usage de ma main, gambader avec ma chienne et tant d'autres choses qui me sont aujourd'hui interdites.

Je ne veux pas retarder mon chauffeur et je donne le signal de départ pour regagner mon lieu de villégiature que je vais finir par exécrer.

Les pensionnaires :

Je ne peux pas poursuivre ce récit sans évoquer les pensionnaires de cette maison particulière où tous ceux qui sont en fauteuil ont la même taille et ceux en béquilles marchent à cette allure des impotents encore incertains sur leur équilibre. Nous sommes égaux dans nos infirmités provisoires, et pour certains définitives, et cela se ressent.

Les différentes étapes de ma réadaptation passées, j'avais obtenu la possibilité de déjeuner au restaurant du centre mais également celle de me rendre à la cafétéria pour déguster un café percolateur et non l'eau chaude teintée habituellement servie.

Mon arrivée en fauteuil sur la terrasse n'a rien de remarquable et, avant de faire le tour de toutes les patientes et les patients qui s'y trouvent, je choisis une place au soleil pour profiter de son bienfait. Je me retrouve à proximité d'un couple que je salue d'un hochement de tête.

Seule la femme, installée sur une chaise roulante, fait partie des permanents, son mari n'est qu'en visite et elle me rend mon salut par un mot de bienvenu et, après un bref silence, elle décide d'engager la conversation.

Bavarde parmi les bavards, cette très gentille personne, que j'ai surnommée la Prolixe, veut me faire partager tous les moments de sa vie, heureux et malheureux, en me racontant en détails des instants de son existence au milieu de ses filles et de ses petits-enfants, sans omettre de citer les maladies dont elle avait été victime. Celles-ci étaient trop nombreuses pour que je les note.

Elle m'apprend que son homme vient la voir tous les jours et que cette assiduité le place, tout naturellement, comme pourvoyeur de cigarettes et autres besoins insatisfaits par notre isolement et les interdictions de sortie sans une demande de permission préalable et recevable que le jeudi.

Ce brave bonhomme peut difficilement s'exprimer face au flot de paroles ainsi qu'au débit de son épouse et mon air ébahi le fait sourire. J'écoute donc la Prolixe par curiosité, sans pouvoir placer un mot et je suis délivré de ce moulin à paroles par l'heure du déjeuner à laquelle nous sommes impérativement tenus, les retards étant mal perçus.

Le service du repas est synchronisé comme un ballet bien réglé et au cours duquel les serveuses gèrent leur desserte à roulettes avec dextérité dans leur secteur respectif. La chorégraphie dépend de la variété des plats principaux par table avec un tempo allant d'un à quatre selon les contraintes médicales des pensionnaires. Cette organisation, définie par les cuisiniers, permet de libérer la salle rapidement et je suis toujours un des premiers à sortir, et dans les dix minutes qui suivent mon arrivée.

Généralement, je me rends directement à la cafète pour commander un café-verre serré et je m'installe en terrasse, lieu de prédilection du clan des fumeurs qui se réunissent en cercle autour d'une des tables proches d'un cendrier sur pied. Selon mon humeur et l'ensoleillement du lieu, je peux être seul dans mon fauteuil pour tenter de prendre des couleurs, ou me rapprocher d'un groupe afin d'échanger.

Ce jour là je vais rejoindre des habitués, l'un d'entre eux s'écarte pour me faire une place et, spontanément, je le surnomme l'Algérien. Rien de péjoratif dans cette désignation qui qualifiait ses origines car, et je l'apprenais plus tard, comme ses parents, il était né en France et seul son facies ainsi que ses yeux d'un noir profond le différenciant des européens.

Pour rompre la glace ou peut-être pour mieux se faire connaitre, il me raconte une anecdote qui se rapporte aux formalités d'inscription et au cours desquelles une secrétaire l'avait interrogé sur son lieu de naissance :

- *Vous êtes né où ?*
- *A Aix*
- *Dans quel pays ?*
- *Aix en Provence*
- *Et vos parents ?*
- *A Aix également*

Un temps de silence suivi par :
- *Vos origines ?*
- *Algériennes*
- *Ah, je me disais bien …*

La suite est sans importance mais cette attitude particulière ne l'avait pas étonné car son type arabe le classe dans la catégorie des nouveaux immigrés alors qu'il se sent français à part entière mais les aprioris perdurent et sont de nature à irriter des gens parfaitement intégrés dans le milieu qu'ils n'ont pas forcément choisi.

La sympathie a été immédiate et réciproque et nos échanges devaient porter, par la suite, sur tous les sujets qui allaient des religions à la littérature et son éclectisme était impressionnant.

Rééducation oblige, nous nous séparons sans avoir échangé un mot avec les autres constituants du groupe qui eux aussi s'éparpillent pour se rendre dans différents ateliers.

En fin de cours, et avant le diner de dix-huit heures pris en chambre, certains vont faire une partie de boules sur le terrain mitoyen et d'autres, dont je fais partie, retournent sur la terrasse pour consommer ou reprendre une discussion interrompue. Nous sommes une vingtaine, tous sexes confondus, et les rassemblements formés sont calmes et la seule voix qui se fait entendre est celle que j'avais surnommé la Drôlesse, non pas dans le sens d'une femme de petite vie mais plutôt dans celui qui s'écarte de la normale, qui est étrange, curieux. Selon ses humeurs, son âge reste indéfinissable, elle peut avoir 45 ans ou paraitre en avoir 60, cet écart est accentué par les tenues qu'elle adoptait car elle dispose d'une garde-robe impressionnante et bigarrée qu'elle doit ranger méticuleusement dans la chambre qu'elle partage avec une autre pensionnaire.

Ce jour là, elle s'adresse à son interlocuteur habituel, le seul qui semble pouvoir la supporter. Ce personnage, un peu falot, est rendu particulier par les conséquences de son handicap qui lui donnent une démarche à la Charlot, avec un claudiquement accentué par l'usage de sa canne qu'il manie avec une certaine dextérité. Contre toute attente et après vingt minutes d'écoute attentive, il se déplie, se campe sur ses pieds placés à la dix heures dix et, reins cambrés, se prépare à partir, mettant ainsi fin à ce monologue sans motif précis. Cette décision est mal prise et la Drôlesse empoigne alors sa propre canne pour le rouer de coups.

Devant cette scène de violence gratuite, toute l'assemblée d'éclopés se regroupe alors au centre de la cour dans un mouvement de panique, avant que l'alerte ne soit donnée et que les infirmiers arrivent pour maitriser la femme rendue furieuse par l'absence de victime potentielle à battre. Ils interviennent avec un maximum de précaution et de douceur afin de pouvoir la conduire vers sa chambre et lui administrer un calmant pour qu'elle se repose. Arrivés sur place, ils se heurtent à sa colocataire qui refuse d'accueillir « *… cette folle qui, après m'avoir menacée* *de sa canne, m'a assenée avant de partir un coup à la tête sans aucune raison … ».*

Le cas était assez grave pour que des mesures soient prises immédiatement et celle de l'isoler dans une chambre individuelle semblait la plus raisonnable. Ses affaires sont immédiatement transférées et elle passe du premier au second étage, en fond de couloir avec une vue sur le parc toujours très bien entretenu. Elle a semblé satisfaite par son nouvel environnement et surtout par le surcroit de place qui lui permettait de mieux ranger sa garde-robe.

Cet incident devait alimenter toutes les conversations car chacun voulait donner une explication à ce fait exceptionnel mais qui était condamné à l'unanimité. La victime a décidé de ne plus côtoyer son bourreau d'un jour et la Drôlesse se retrouve maintenant seule, personne n'ose l'aborder de peur d'être battu sans raison.

Je reprends le fil de ma vie presque carcérale où seules les fins de semaine, bien qu'attendues, semblent longues par manque d'activités programmées, en dehors des cafés de dix et seize heures au cours desquels je fais la connaissance d'autres patients plus ou moins atypiques.

C'est le cas de celui que je désignais par son couvre-chef, Casquette. Haut en couleur, ce garçon d'une quarantaine d'années se caractérise par le nombre et la variété de ses tenues qu'il complète par des casquettes qui sont toujours dans le ton, sans oublier ses baskets dont une des paires semblait fluorescente tant la couleur était vive.

Toujours gai et avenant, Casquette ne laissait rien paraitre de la gravité de son cas et c'est en l'interrogeant sur ses coiffes toujours vissées sur son crâne que j'apprends qu'il avait été trépané à la suite d'une tumeur au cerveau. Il y avait eu rémission et c'est cinq ans plus tard qu'un malaise avait conduit les médecins à pratiquer une nouvelle intervention sur la boite crânienne, sans anesthésie, afin de tester en temps réel les instructions données par son cerveau après différentes stimulations. Les résultats étant satisfaisants, la calotte avait été remise en place et maintenue par 57 agrafes qui interdisaient toute exposition au soleil, il en avait pris son parti et compensait son handicap par une coquetterie un peu voyante.

Cette seconde opération avait été la conséquence d'une erreur d'analyse médicale et avait eu comme suites, des difficultés d'élocution, une paralysie partielle du bras droit et un équilibre instable en position debout.

Défenseur de la veuve et de l'orphelin, Casquette a de la compassion à l'égard de tous ceux qui perdaient le moral pour différentes raisons mais il a banni la Drôlesse de ses préoccupations, trop dangereuse selon lui car un coup de canne risquait de lui être fatal.

Ses difficultés d'élocution ne semblent pas le gêner et, dans certains cas, il utilise son petit bloc-notes et un crayon pour transcrire ce qu'il a du mal à dire. Pour les nouveaux venus, l'étonnement pour cette alternance de sons et d'écrits, ne durait que quelques minutes avant de s'habituer aux manières de cet homme attachant.

Les journées se ressemblent par la programmation des activités rééducatives mais, chaque jour, l'arrivée d'un ou de nouveaux patients différenciait ces matinées selon la particularité des cas que chacun tentait de deviner pour imaginer l'origine des maux constatés.

Ce matin je fais la connaissance du Bavard, cette désignation spontanée vient du fait que, sans battre la Prolixe, cet homme d'une cinquantaine d'années a voulu justifier son séjour forcé en expliquant à qui voulait l'entendre qu'il était resté sous le choc de son accident. Celui-ci s'était déroulé sur une avenue et, alors qu'il déambulait tranquillement, une voiture était montée sur le trottoir et l'avait percuté violemment. Sous le choc, sa jambe gauche avait subi de multiples fractures, ses vertèbres cervicales avaient été ébranlées et sa vue aurait été perturbée.

En s'apercevant qu'il a capté l'attention de certains, il poursuit en donnant quelques détails. Il est libraire de métier et il a été contraint de fermer sa boutique qu'il exploite seul et il se désespère pour le manque de recette nécessaire à ses dépenses journalières et ses différentes charges.

Il a été contraint de mettre son fond de commerce en vente et il attend les indemnités de l'assureur du véhicule fautif mais celles-ci tardent et il économise sur tout, allant jusqu'à rouler ses cigarettes sous le prétexte de vouloir moins fumer, mais celui-ci est faux puisqu'il les confectionne en série pour avoir de la réserve.

Sa compagnie n'est pas désagréable et je le vois presque tous les matins car, à la fin de son petit-déjeuner, il regagne la terrasse de la cafète afin de savourer cette cigarette matinale. C'est le seul moment au cours duquel il reste silencieux, pensif sur son état de victime d'un sort qu'il n'a pas mérité.

Généralement ce silence est rompu par le chuintement émis lors de l'ouverture de la porte vitrée d'accès, signal de l'arrivée d'un autre habitué, en fauteuil ou en béquilles, qui examine les lieux pour décider de rentrer ou de rester en salle selon le public présent, et c'est dans ces conditions qu'est apparu celui qui avait tous les critères d'un casse-cou.

Jeune, une trentaine d'années, jambes immobilisées dans des carcans en acier sanglés, ce garçon circule dans les couloirs et même à l'extérieur du centre à une vitesse remarquable et maitrise son fautcuil comme un acrobate en roulant sur les deux roues arrière, les petites de devant soulevées à plus de 30 cm du sol. Le surnom de l'Acrobate lui convenait parfaitement

En limite d'équilibre il parcourt ainsi plusieurs dizaines de mètres avec un grand sourire et au grand dam des infirmiers qui le rappellent à l'ordre par crainte d'un renversement ou d'un accrochage avec d'autres fauteuils, apparemment il n'en a cure et, dès qu'il le peut, il reprend ses acrobaties en tentant de les améliorer.

Bien que souriant, l'Acrobate a un visage de carnassier en quête d'une proie qu'il pourrait disséquer par des propos incisifs et même choquants. Il manie le verbe avec brio et l'étendue de son vocabulaire déconcerte ses interlocuteurs un peu ébahis.

Il ne m'a jamais affronté verbalement, par crainte ou par respect, et cette forme d'indifférence me frustre car il parle volontiers à l'Impassible, cet homme sans âge, toujours souriant qui nous fait oublier l'amputation de sa jambe à la suite d'une gangrène provoquée par le diabète. Il fait partie des 5 unijambistes de notre club privé et son accent ainsi que ses expressions caractéristiques trahissent son origine « pied-noir » d'Algérie qu'il ne cherche pas à dissimuler.

Nous avons une espèce de lien d'amitié rendu très pudique par l'absence de toute confidence sur notre vie privée et j'ignorais tout sur son parcours, sur sa famille et même sur ses activités en dehors du centre. Son impassibilité face aux autres et à tout événement sortant de l'ordinaire est impressionnante mais ses silences semblent être pleins de réflexion sur l'ensemble de son environnement.

Il est à l'opposé du Teigneux. Jamais satisfait, ce garçon d'une vingtaine d'années en veut à la terre entière pour son confinement dans un établissement rempli de vieux malades où il estimait ne pas avoir sa place.

Il critique tout, des repas aux services et ne se gêne pas pour apostropher les pensionnaires, homme ou femme, qui peuvent le déranger, et il en fallait très peu, comme un déplacement qu'il estimait trop lent ou un avis qui ne correspondait pas à ses propres appréciations.

Tout le monde l'évite mais il persévère dans ses tentatives de rapprochement car, manifestement, il a besoin d'un public. Je suis parmi les rares à accepter sa compagnie car ses propos acerbes n'ont sur moi aucun effet, ce qui ne peut que l'agacer davantage.

Son regard se porte quelquefois sur le Taiseux, grand bonhomme taciturne qui vient prendre son café sur la terrasse et qui reste dans son coin après avoir salué d'un hochement de tête les personnes présentes.

Je le vois justement arriver et je fais une tentative d'approche en essayant d'échanger quelques propos mais je me heurte à un silence presque grossier, l'homme me regarde sans répondre et sans même un clignement de paupières. Je n'insiste pas et ce n'est que plus tard que j'ai appris qu'il était sourd et que son mutisme était justifié par son état.

Ces intermèdes, bien que distrayants, ne font que confirmer la routine mais nous aident à oublier le temps pour nous projeter au lendemain et nous rapprocher de la date de sortie qui dépend de deux facteurs, l'avis du médecin et l'état de notre évolution vers un mieux. Au cours d'un contrôle de routine, et de mon insistance pour quitter le centre, ma date de sortie était programmée, assortie d'une obligation de poursuite de mes séances de rééducation en hôpital de jour pendant un mois et demi et à raison de trois par semaine.

Il ne me reste plus que dix jours avant ma semi-liberté et j'en suis heureux. Cette annonce illumine ma journée et ma nuit sera une des plus paisibles.

Le Drame

Ma nuit a été paisible et, après ma toilette journalière, à l'heure de la distribution du petit-déjeuner, je constate une effervescence anormale qui semble provenir du deuxième étage. Sans aucune information du personnel de jour, celui-ci nous consigne dans nos chambres avec instruction de ne pas en sortir jusqu'à nouvel ordre. Après des va et vient inhabituels et à onze heures, un coup bref, la porte s'ouvre, deux gendarmes se présentent et l'un d'entre eux, souriant, se précise :

- *Monsieur Plantevin, vous ne me reconnaissez pas ?*

Je le regarde avec attention :

- *Robert !*

Seule sa tenue a retenu mon attention et je n'ai effectivement pas reconnu un ami de jeunesse de mes fils, un familier de la maison à cette époque lointaine de leur adolescence.

- *Je savais qu'à la fin de tes études de droit tu avais décidé d'entrer dans la gendarmerie nationale mais en ignorant la spécialité choisie.*
- *Celle de l'armement qui a été créée en 73, après les événements de mai 68. Nous avons été chargés de cette enquête du fait de la spécificité du Centre et de certains de ses patients. Pour respecter le protocole, je vais maintenant vous demander de raconter en détail votre emploi du temps de la soirée et de votre nuit*

J'obtempère et à ma question sur la cause de cet interrogatoire Robert me répond :

- *La pensionnaire de la chambre 328 a été retrouvée morte dans son lit ce matin et tout semble indiquer qu'elle a été étouffée à l'aide d'un de ses oreillers.*
- *Tu penses qu'il y a eu meurtre ?*
- *Oui, les conditions excluent la cause accidentelle mais passons à la deuxième partie, selon vous, avait-elle des ennemis ou des personnes qui pouvaient lui en vouloir ?*
- *Certes, elle était agressive, mais pas au point de se faire assassiner et je ne vois aucun pensionnaire capable d'accomplir ce geste pour de multiples raisons.*
- *Lesquelles ?*
- *Les handicaps de chacun, la présence du personnel de nuit à chaque étage et d'autres facteurs qui ne militent pas en faveur d'un acte spontané ou même prémédité par l'un des nôtres, cela me parait impossible.*
- *N'en soyez pas si sûr et nous trouverons le ou les coupables. Nous reviendrons vous voir après notre tour complet de l'établissement et pour*

l'instant, pas de permission de sortie des chambres, sauf pour le repas de
midi.

Je suis abasourdi et je passe l'heure suivante à digérer cette nouvelle qui risquait de remettre en cause ma date de « libération ».

Le déjeuner se déroule dans un brouhaha exceptionnel car chacun va de son commentaire sur ce crime abominable dans ce centre aseptisé, où rien n'est laissé au hasard, avec une assistance rendue quasi militaire par la rigueur et l'écoute permanente de tout le personnel médical. Le ou les protagonistes de cet acte ont dû préparer leur coup avec une minutie d'horloger pour arriver à leur fin. Mais pour quel mobile ? Je me livre à un travail d'analyse et je n'obtiens aucun résultat satisfaisant.

Les enquêteurs ne nous interdisent pas la pause-café d'après repas et la terrasse de la cafète. La salle est comble et constituée, selon les affinités, de petits comités qui émettent des hypothèses sans pouvoir les étayer par des éléments tangibles et par des soupçons sur une ou des personnes appartenant à la grande famille que nous formons.

Les jours suivants sont bouleversés par les opérations et les interrogatoires menés par les services spécialisés de la gendarmerie avec, prises d'empreintes, prélèvements des ADN et suspension provisoire de tous les départs programmés des patients en fin de rééducation. Je crains pour le mien qui a été fixé au 3 septembre.

L'enquête semble piétiner mais les activités médicales ont repris, polluées par ces questions obsédantes : Qui et Pourquoi ?

A la fin de la semaine, les enquêteurs replient toutes leurs affaires, lèvent tous les interdits et demandent aux sortants de se tenir à leur disposition en cas de besoin. Je profite de mon statut d'ami avec Robert et, avant de partir, je tente d'obtenir des informations sur leurs conjectures et, sans aucune réticence, il me confie les premières réflexions de son équipe :
   - *Dans un premier temps, tout le monde a été présumé coupable, avant d'en*
   éliminer un certain nombre parmi les pensionnaires du fait de leurs
   handicaps qui interdisaient l'exécution d'une action aussi violente.

Le personnel médical est également exclu car il dispose de moyens bien plus subtils pour éliminer une personne.

Il ne reste plus qu'une poignée de résidents, dont vous ne faites pas partie, et d'éventuels étrangers ou membres de la famille de la victime et nous disposons d'assez d'éléments pour boucler cette affaire rapidement.

Le 3 septembre, en l'absence de résultat sur les investigations, c'est avec un petit regret que je quitte l'établissement car j'ai obtenu mon bon de sortie facilement du fait de la poursuite de mon traitement pendant six semaines à raison de trois séances hebdomadaires. Je pourrai ainsi suivre l'évolution des recherches mais pour l'instant je dois me préoccuper de mon départ.

J'entasse mes maigres affaires dans mon sac et je me rends auprès du service des entrées/sorties pour remplir tous les documents obligatoires et réglé mes suppléments de frais. Cette tâche faite, je suis pris en charge par l'un de mes fils qui a mis dans le coffre du véhicule les accessoires indispensables pour mes déplacements chez moi et qu'il avait récupérés auprès de notre pharmacien.

Arrivé à la maison je suis accueilli par une ovation familiale et, une fois installé dans mon fauteuil, tous mes petits-enfants veulent s'octroyer le privilège de me pousser pour me faire franchir le seuil d'entrée, symbole de ce retour annoncé. La chienne manifeste sa joie avec beaucoup de délicatesse et vient mettre son museau sur une de mes cuisses uniquement quand je suis à l'arrêt ou assis sur un siège fixe.

Mon frère et sa compagne arrivent par un vol prévu en fin de journée et, une fois que ma famille m'a quitté, je demande à mon aide-ménagère habituelle de leur préparer la chambre ainsi que la salle de bain situées à l'étage. Je profite également de sa présence pour réaliser un repas assez copieux pour notre déjeuner et notre diner. Je maîtrise mal mes mouvements, aussi bien de mes membres supérieurs handicapés par la paralysie partielle de ma main droite, que les inférieurs qui nécessitent des pauses fréquentes sous peine d'un risque de perte d'équilibre.

Je reprends mes marques tout doucement en m'adaptant au mieux et je jongle avec le fauteuil roulant, le déambulateur, les béquilles et les chaises de bar dont la hauteur des pieds me permet de travailler assis devant mes fourneaux sans me fatiguer et surtout sans avoir d'éclaboussures d'huile bouillante sur le visage comme lors de ma tentative de confection d'un premier repas en fauteuil.

A l'heure attendue mes deux invités arrivent et la joie de se retrouver atténue leur tristesse de me voir handicapé et mon exclamation, « *… En pleine forme …* », les rassure sur mon moral.

Pour les accueillir à leur arrivée à l'heure du déjeuner, j'ai préparé, après une salade verte aux lardons, un riz au poulet suivi d'un fromage pâte molle et d'un carpaccio d'ananas à la menthe. Mon frère me connait trop bien mais il ne peut pas s'empêcher de m'interpeller :
- *Tu ne changeras pas, tu ne tiens pas sur tes jambes et tu nous as fait un repas qui a dû t'épuiser …*
- *Ne crois pas ça, il est relativement simple et il faut bien que je nous nourrisse, cependant, vous serez obligés de faire les courses à ma place car je me vois mal rouler dans les allées d'une grande surface pour m'approvisionner.*
- *C'est évident, mais avec une liste, je ne suis pas comme toi et je ne sais pas improviser.*
- *J'ai demandé à la femme de ménage de vous préparer la chambre à l'étage ainsi que la salle de bain et, s'il vous manque quoi que ce soit, vous n'avez qu'à me le demander ou vous servir.*

L'installation du couple a été rapide et des nouvelles de la famille au grand complet animent le repas qui se termine sur un projet de balade qu'ils souhaitent me faire partager :
- *Pas possible, j'ai des séances de rééducation le mardi, mercredi et vendredi, de 8 à 12 heures avec une prise en charge par un VSL[3] qui me conduit et me ramène du centre.*
- *Tu ne veux pas que nous nous en chargions ?*
- *Non, vous en profiterez pour vous détendre, rendre visite aux copains et faire l'approvisionnement journalier.*

La semaine s'est très vite passée et la séparation a été même émouvante, mêlée de conseils et de recommandations de prudence. Ils ont noté que Kinola était toujours

---

[3] **VSL** : *Véhicule sanitaire Léger*

aussi expansive, sauf avec moi, car elle reste très attentive et me suit dans mes moindres déplacements, comme si elle craignait une chute ou une défaillance..

Ces 8 jours ont été riches d'enseignement sur tous les plans, ma réadaptation à mon environnement familier, des matinées en hôpital de jour suivies par un personnel médical différent et une organisation dans les activités : ergothérapie pour tenter de débloquer la paralysie partielle de ma main droite, balnéothérapie afin de faciliter la marche, suivi d'une pause-café à la terrasse de la cafète puis retour en kinésithérapie.

A l'issue d'une adaptation à cette nouvelle organisation, je prends l'habitude, d'arriver en retard à mes séances et le kiné, d'un signe de ses doigts, définit le nombre de cafés que j'ai dû boire pour avoir perdu autant de temps et je lui réponds par un simple sourire de connivence.

Ce praticien, dont l'accent italien adoucit les remarques désagréables ou les reproches, montre, par son attention toujours en éveil, que son comportement n'a qu'un seul objectif, nous faire progresser dans les meilleures conditions mais sans douleurs. Ses ordres, pour effectuer les exercices sont simples : talon-pointe pour la marche qui doit se faire le dos bien droit, le regard vers l'horizon et une respiration abdominale puissante.

Aujourd'hui encore j'ai ses ordres dans la tête et je les récite mentalement quand je me déplace.

Malgré la différence d'âge, nous avons sympathisé car il semble m'avoir adopté comme le père qu'il aurait peut-être voulu avoir et, sans le considérer comme un fils, je trouvais sa manière d'être remarquable.

Au cours de la troisième semaine d'hôpital de jour j'apprends plusieurs choses : malgré l'optimisme des enquêteurs, ces derniers piétinent et ils n'ont pas de nouveaux indices qui leur auraient permis de cerner la personnalité du tueur : mon ami l'Algérien est amoureux d'une aide-soignante et il attend de sortir pour la fréquenter et même lui demander de l'épouser : L'impassible n'est pas encore sorti, il se familiarise avec sa prothèse provisoire afin que la définitive soit à ses mesures : Casquette est de nouveau au Centre pour parfaire sa réadaptation qui ne s'est pas très bien déroulée à l'extérieur : le Bavard, quant à lui, a réouvert sa librairie mais il passe au moins une fois par semaine pour voir les « copains ».

Renaissance

Enfin je suis sorti, sorti du centre depuis plusieurs semaines, sorti de mon infirmité passagère depuis 3 jours en jetant mes béquilles aux orties mais, surtout, sorti de moi-même un peu comme un phœnix qui renait de ses cendres car j'ai eu cette impression de me consumer dans les flammes de ces douleurs intenses sans avoir atteint les cycles de mort, de résurrection et de noblesse mais en étant débarrassé ou lavé de tous mes principes basés sur la rigueur, quelquefois bornée.

Je me suis installé sur ma terrasse au bord de la piscine, je regarde la chienne s'agiter dans tous les sens et faire, sans raison particulière, des sauts de cabri à des hauteurs impressionnantes avant de venir se coucher à mes pieds.

Je profite de ce moment de calme pour faire un bilan de ces 6 mois au cours desquels je suis passé par des extrêmes plus ou moins supportables mais qui ont forgé un autre moi

La première période, celle des douleurs intenses et de l'immobilisation en position allongée, s'est traduite par la perte totale de mes repères, ma pudeur s'était envolée au travers des toilettes intimes imposées par mes protections que j'étais bien incapable de gérer seul, les séances de bain au cours desquelles j'étais hissé dans un bac recouvert d'un film plastique pour être savonné puis rincé au jet, toujours comme un nouveau-né. Il y a eu aussi l'assistance permanente du personnel médical pour toutes les actions, même bégnines, comme m'installer sur le fauteuil roulant et me remettre au lit.

La seconde période a été celle de la raison, je devais m'adapter, agir et non subir, progresser pour le mieux et non attendre. Sur le plan général, moi qui suis plutôt distant face aux rencontres imprévues, j'ai adopté la familiarité comme moyen d'échange afin de m'intégrer dans les différents groupes qui se formaient à la cafète, mais je ne dominais pas les excès caractériels qui s'étaient amplifiés. J'avais quelquefois des sottes d'humeur qui, heureusement, ne se manifestaient qu'une fois enfermé dans ma chambre.

Sans être délicat, les repas font partie des pauses sacrées et leur préparation doit se traduire par un résultat appétissant et, bien que la nourriture ait été toujours acceptable au Centre, celle-ci ne correspondait pas à mes gouts culinaires mais je passais outre car je devais impérativement m'alimenter pour ne pas perdre davantage de poids, j'avais perdu plus de 8 kilos le premier mois.

Je ne suis pas un total impassible mais je suis réservé et je sais me maîtriser. Dans ma situation de séquestré par nécessité médicale, mon impuissance face aux contraintes imposées a exacerbé mes tendances naturelles et je manifestais de la colère à la moindre provocation, ou ce que je prenais comme tel, j'étais bougon et je supportais mal la sollicitude de mes proches, famille et amis, sans évoquer mes états d'âme suicidaires quand je me retrouvais seul le soir dans ma carrée.

Avec mon retour dans mon environnement familier, tout a repris sa place mais ces épreuves ont été une sacrée leçon de vie qui, en sens inverse, a développé un besoin de sérénité, de calme et de solitude indispensable à ma renaissance.

Je prends également conscience que l'environnement hospitalier serein et, surtout, le personnel remarquable ont été les éléments qui ont limité et même atténué mes crises.

Je me remémore les bienfaits de ces préposés médicaux. Pour certains médecins, leur métier est un sacerdoce et le malade fait l'objet de toute leur attention alors que pour d'autres ce n'est qu'un cas de plus à traiter et, quelle que soit l'attitude, la relation ne change pas et reste celle du dominant et du dominé. Le malade doit guérir grâce à la science et l'expérience acquise et son avis n'est que secondaire. Au Centre, la rigueur était de mise et les protocoles mis en place ainsi que les modifications ne sont, bien sûr, données que par les médecins qui les a établis.

La hiérarchie est stricte et l'aide-soignante ne rendra des comptes qu'à sa supérieure qui, elle-même, s'en remettra à l'infirmière pour l'application ou non d'une thérapie qui ne pourra être confirmée que par le médecin. Tout est consigné dans le fichier « Malade » de l'ordinateur central et si une instruction n'y figure pas ou si elle est mal interprétée il est hors de question de déroger aux règles établies qui sont alors appliquées.

Si le patient se considère comme unique et voudrait faire l'objet de toutes les attentions, il est évident que pour tous les acteurs médicaux celui-ci n'est qu'un parmi l'ensemble qui ne peut pas monopoliser leur temps de soins. Par contre j'ai constaté des comportements marquants qui donnaient l'impression d'être réellement leur seul patient car, en plus du sourire et de l'écoute, ils le personnalisaient en nous appelant par notre nom de famille. Entendre « *Bonjour Monsieur X, comment allez-vous ce matin …* » ou « *Quel est votre niveau de douleur aujourd'hui Monsieur Y …* » ce qui donnait l'impression d'exister.

Sans vouloir faire la promotion de ce Centre de rééducation, et à l'unanimité des pensionnaires, une partie de nos maux était atténuée par toutes ces attentions dont celle d'être reconnu en plus d'être très bien traité.

Sans tous les désigner, il y avait bien sur Clarence, mais également Giorgio, Lara, Marion, Virginia et autres qui sont à jamais gravés dans ma mémoire pour leur gentillesse, leur écoute et tous les qualificatifs élogieux que je pourrais trouver.

Ce rappel me laisse songeur et je décide de rendre une visite aux Tilleuls, par nostalgie d'une part et pour avoir des nouvelles de l'enquête menée par les gendarmes.

Retour au centre

Valide sur mes deux jambes et en possession de tous mes moyens, je suis donc retourné dans ce Centre pour montrer à tous que la qualité de leurs prestations avait reconstruit un bonhomme qui était arrivé dans un sale état et qui avait repris sa vie, totalement rétabli et sans séquelles.

Il est 10 heures et ma première visite est pour la cafète où je devrais rencontrer plusieurs habitués car c'est la pause au cours de laquelle chacun va satisfaire ses envies, de la cigarette au café, et pendant lesquelles les échanges sont les plus animés.

Ils sont presque tous là et, à mon arrivée sur la terrasse, les visages s'illuminent et les exclamations fusent afin de me souhaiter la bienvenue, me demander des nouvelles de ma main semi-paralysée, s'enquérir de mes douleurs et ainsi de suite. Je réponds à toutes les questions et j'offre une tournée générale de cafés.

Une grande partie des « anciens » ont quitté l'établissement et je décide de parcourir les étages pour voir ceux qui se sont occupés de moi. Je commence par le premier et je croise des aides-soignantes qui me saluent avec un grand sourire ou me demande comment se passe ma vie de convalescent, certains brancardiers me font un signe de tête amical et j'arrive au bureau des consultations pour voir le médecin que je côtoyais plusieurs fois par jour. Elle m'accueille, son visage s'illumine ce qui la rend resplendissante. Nous parlons de tout et de rien, j'en profite pour l'interroger sur l'évolution de l'enquête menée par la gendarmerie mais, pressée par le temps, elle me répond :
- *Ils sont dans nos locaux pour boucler cette affaire, vous pourriez leur poser la question.*
- *Où sont-ils ?*
- *A la bibliothèque pour les derniers détails concernant leur mission.*
- *Vous pensez que … …*
- *Allez-y, ils seront contents de vous revoir.*

Sans plus attendre je la salue et me rends dans le local à livres où le brigadier et Robert acceptent sans difficulté de me recevoir.
- *Monsieur Plantevin, vous tombez bien, vous vous étiez intéressé au cas particulier concernant la mort d'une patiente et, comme vous l'aviez demandé, nous voulions vous tenir informé de nos conclusions.*

Madame Alvarez, que vous surnommiez la Drôlesse, a bien été assassinée et nos services scientifiques ont, à partir des prélèvements effectués, éliminés une grande partie des handicapés. Parmi ceux soupçonnés, certains ont fait l'objet d'investigations complémentaires très approfondies qui les ont finalement mis hors de cause et nous avons concentré nos efforts sur des empreintes et de l'ADN qui ne figuraient pas dans nos fichiers.

Entretemps, nous avons rencontré le notaire en charge de la succession Alvarez et celui-ci nous apprenait que sa cliente l'avait appelé pour modifier son testament en déshéritant ses nièces et neveux au profit de la SPA car, selon elle, la race animale valait bien plus que celle des humains.

Ces nouvelles dispositions à venir ont réorienté nos recherches en direction de la famille mais, avec 2 problèmes, les difficultés, si ce n'est l'impossibilité pour les nièces ou neveux de s'introduire de nuit dans le Centre, et le contrôle des alibis qui confirmait des sorties ou des soirées en présence de témoins fiables.

Persuadés qu'un complice avait peut-être été à l'origine de cet acte, nous avons mis en place tout un dispositif d'écoutes téléphoniques et de filatures qui se sont avérées payantes au bout de 3 semaines.

Après l'exécution des clauses testamentaires, dont une d'entre-elles concernait le cumul des sommes importantes dont disposait la tante, les capitaux ont été distribués aux 4 bénéficiaires et ont été versés sur leur comptes respectifs. Nous avions donné des instructions aux organismes financiers pour qu'ils nous informent de tous les mouvements anormaux d'argent et c'est dans ces conditions que nous apprenions que l'un d'entre eux avait effectué plusieurs retraits en liquide, pour un montant global de 50 000 €.

Nous avons alors redoublé de vigilance et, dans les 3 jours qui ont suivi, nous avons surpris un des membres de la famille en compagnie d'une inconnue qui s'avérait être, après vérification, une aide-ménagère du Centre.

Selon toute vraisemblance, le crime a bien été commandité et nous en avons eu la confirmation au cours des 48 heures de garde à vue et des interrogatoires de la suspecte. Elle est passée aux aveux en reconnaissant être l'auteur cet assassinat.

Nous avons également dû nous pencher sur un cas de suicide qui s'est déroulé en dehors d'ici et qui a concerné un ancien patient dont la dépression n'avait pas été détectée lors de son séjour et qui a mis fin à sa

Nous nous quittons sur cette recommandation et je sors de la bibliothèque avec une petite amertume pour ces « incidents » malheureux, surtout pour Fred qui n'a pas été capable de surmonter son infirmité. Au travers de ces faits graves, je m'aperçois que je ne connais absolument pas le parcours de ces compagnons d'un semestre. Je décide d'y pallier en organisant des rencontres informelles avec chacune ou chacun d'eux et je commence par l'Acrobate.

L'Acrobate

A partir des renseignements recueillis je réussis à retrouver l'Acrobate qui a été hospitalisé à Nord pour une nouvelle fracture non pas consécutive à ses excentricités en fauteuil roulant mais à une nouvelle chute au cours d'une course de trial à Châteauneuf avec un parcours très technique, des culbutes spectaculaires sur des obstacles naturels et des écueils artificiels et au cours desquels le pied à terre est pénalisant.

Soutenu par un public enthousiaste, l'Acrobate était dans son élément et multipliait les excentricités jusqu'à l'extrême. Entre les sautillements homme-machine et les sauts de cabri pour gravir des dénivelés abrupts, le risque était permanent jusqu'à sa réalisation sur un rocher particulièrement impressionnant. Manque d'élan ou défaillance ponctuelle du pilote, mais le résultat a été le même, renversement brutal sur le coté droit et fractures multiples qui l'ont conduit à 2 jours d'hospitalisation avant un nouveau séjour aux Tilleuls pour 2 mois de stabilisation, suivis d'une rééducation.

Je suis donc passé le voir dans sa chambre au Centre et, sans être une momie, c'est un enturbanné de la tête aux genoux qui me reçoit, mais avec toujours ce même sourire de carnassier. Je ne peux pas m'empêcher de le chahuter :
- *Tu avais la nostalgie de notre purgatoire ?*
- *Exactement, je n'étais pas encore sorti de mon cocon et j'avais besoin d'être materné pour enfin prendre mon envol.*
- *Pas d'exercices en fauteuil avant combien de temps ?*
- *En principe dans une quinzaine de jours, si tout se passe bien, pour ensuite suivre le cycle habituel de rééducation sous toutes ses formes. En revanche, compte tenu de mes fractures, je risque d'être interdit de trial à vie.*
- *Ça te calmera au moins.*
- *Penses-tu, je ferai ma reconversion dans des courses de stock-car, je serai au moins assis et prêt à en découdre.*

Nous poursuivons nos échanges jusqu'à l'arrivée d'une aide-soignante et je le quitte sur des projets qui semblent optimistes mais sans réussir à le cerner. Pourquoi cette débauche d'exercices plus violents les uns que les autres ? Veut-il se prouver quelque chose ? Ou est-ce sa manière de vaincre ses démons ?

Ce qui semble certain, c'est une absence de rédemption, non pas de ses péchés, mais de tous les actes plus ou moins farfelus dans lesquels il s'était engagé au cours de sa vie d'avant le Centre.

Avant de partir je passe par la cafète pour m'offrir un café et j'aperçois un des unijambistes avec lequel j'avais sympathisé et qui, à son habitude, fumait le regard dans le vague sans se préoccuper de son environnement.

L'Impassible

Pour des questions techniques, celui que j'avais surnommé l'Impassible était toujours aux Tilleuls et, pour la première fois, en me voyant, son calme imperturbable disparait pour faire place à de l'enthousiasme. Il m'accueille avec un grand sourire qu'il justifie par une explication sur le prototype de sa demi-jambe gauche robotisée qui était en fin d'élaboration avec une pause prévue pour le lendemain.

Il poursuit, car cette bonne nouvelle le réjouissait, il allait enfin pouvoir quitter son fauteuil pour se familiariser avec la prothèse bionique de son membre inférieur, dont les mouvements seraient commandés par les influx nerveux envoyés du cerveau aux muscles. Une fois maitrisé, ce membre artificiel allait transformer la vie qu'il menait depuis son amputation.

Comme épuisé par ce long exposé, il reprend le cours de ses pensées et me dit à haute voix :
- *Stan, je me vois déjà Cours Mirabeau à Aix pour flâner, m'installer à la terrasse de la brasserie Les 2 Garçons pour y redécouvrir ce lieu enrichi par l'empreinte des différents personnages de la culture et des arts qui l'ont fréquenté comme Cézanne, Zola, Picasso, Pagnol, Piaf, Camus.et de moins célèbres mais tout autant remarquables.*
- *Je ne manquerai pas de t'y accompagner et nous pourrons rêver ensemble.*

2 semaines viennent de passer et je reçois un appel de l'Impassible :
- *Stan, j'ai obtenu 1 jour de permission mais je ne pourrai sortir qu'avec un accompagnateur, j'ai donné ton nom et il a été accepté, la sortie est prévue pour demain, pourrais-tu venir me chercher pour une balade à Aix ?*
- *Sans problème et nous déjeunerons aux 2G pour concrétiser ton rêve.*

La journée s'est déroulée comme prévue. Antoine semblait revivre, il commençait à s'adapter à son appareillage à condition d'adopter un train de sénateur, cette démarche lente et solennelle de la fable « Le lièvre et la tortue » de Jean de la Fontaine. Je m'adaptais à son pas, avec des pauses intermédiaires sous des prétextes variés afin qu'il ne prenne pas ces arrêts pour de la compassion.

Pour une fois l'Impassible s'est partiellement livré en me racontant des bribes de sa vie à l'époque de son intégrité physique. Ses origines pied-noir n'avaient pas favorisées son adaptation dans une école d'ingénieurs à Paris et son premier trimestre avait été un enfer tel qu'il avait été rapatrié à Oran, chez ses parents, pour une paralysie faciale a frigore selon le diagnostic du médecin de l'école.

Dès son arrivée, le médecin de famille consulté lui expliquait qu'il avait tous les symptômes d'une paralysie qui serait consécutive à une neuropathie œdémateuse (nerf comprimé au niveau de sa troisième portion intrapétreuse) en lien avec un processus inflammatoire ou viral et celle-ci risquait d'être définitive, mais il n'y croyait pas trop et il poursuivait :

- *Selon moi, c'est une réaction nerveuse liée au stress et ton organisme a réagi à sa manière afin de te faire fuir un environnement auquel tu n'as pas été capable de t'adapter.*
- *Je veux bien vous croire car les brimades et les provocations se sont amplifiées à la suite de mon refus de riposter. Je me suis contenu au maximum et j'ai dû craquer. Mais que dois-je faire ?*
- *Si tu ne fais rien, les traitements seront inefficaces. Tu dois affronter les démons que tu as créés de toute pièces en retournant dans ton internat et agir en conséquence. Maîtrise-toi et réagis en fonction de ton instinct, c'est le seul moyen de t'en sortir.*

L'Impassible marque une pause avant de poursuivre :

- *Je suis donc retourné à Paris afin de poursuivre mes études avec une semaine de retard et, le premier soir, j'ai eu droit aux lazzis du petit chef de bande pour ma gueule tordue. Sans un mot, je me dirige vers ce bouffon et, sous les yeux ébahis de ses comparses, je le gifle. La stupéfaction peut se lire sur le visage d'un adversaire qui, pour ne pas perdre la face, se met en garde, déterminé à engager le combat. L'affrontement est bref, mais à ses dépens, allongé au sol avec une dent cassée, il me regarde avec effarement puis il cherche l'appui de ses acolytes qui se défilent, leur caïd a brutalement perdu leur estime.*
  Je ne profite pas de la situation et je l'aide à se relever. Une fois sur pieds, il veut s'expliquer :
- *Tu m'as eu par surprise et … …*
- *Il n'y a pas et il n'y aura plus de « et » car je préfère que nous soyons amis et non adversaires, nous avons ans 4 ans d'études à faire, ne dépensons pas notre énergie dans des querelles stériles.*

La suite confirme l'application de cette résolution de paix suivie d'une amitié qui dure encore mais, également, d'une leçon de vie qui a conduit Antoine à une forme d'impassibilité face aux événements du présent et, avec le temps, il s'est forgé une philosophie sur sa vision du monde.

L'amputation de sa jambe n'a fait que confirmer cette orientation vers une forme de sérénité devant les imprévus d'un destin qu'il estimait impossible à contrôler.

Je le ramène au Centre et c'est au cours de ce trajet qu'il me confie qu'il sait que la parenthèse de sa vie « d'infirme » va enfin prendre fin pour une résurrection dans un monde de « gens normaux ».

Mais sa nouvelle motricité n'était pas le seul facteur de sa renaissance car le centre et la convivialité de tous ses pensionnaires, d'origines diverses et de tous les milieux, avait été un révélateur qui allait lui permettre de voir le monde d'une autre manière et d'abandonner le contemplatif pour aborder une vie constructive.

Le Bavard

Relativement bien remis de ses fractures, le Bavard avait quitté Les Tilleuls pour retrouver son quartier et, surtout sa librairie qu'il voulait aménager pour en faire un lieu de rencontre et non celui des passages rapides. Il avait réorganisé sa boutique pour réserver un emplacement afin d'en faire un coin café avec table haute, sièges de bar et des quotidiens à disposition des clients.

Mais il voulait en faire plus et il m'avait appelé afin de me faire une proposition, sans m'en donner la teneur. Etant disponible et un peu intrigué, je me rends chez lui. Il m'accueille avec un grand sourire et :

- *Salut Stan, bien que tu n'aies pas connu mon « bazar » d'avant, je voulais te montrer mes transformations nées de l'ambiance conviviale que nous avions aux Tilleuls. J'ai pensé à toi car, en tant qu'écrivain, je voulais t'offrir l'opportunité de présenter tes romans avec séances de dédicace pour les éventuels acheteurs. Qu'en penses-tu ?*
- *Tu me flattes, mais comment vas-tu faire venir du monde ?*
- *Ça, je m'en occupe mais je compte sur toi pour animer les débats. Je fais le pari d'attirer toute une catégorie de curieux et de lecteurs pour une espèce de salon du bouquin dont tu seras la vedette.*
- *Je te suis et je mettrai tout mon talent d'orateur à la disposition des chalands qui passeront la porte.*
- *Ah oui, j'ai invité tous les intervenants du Centre, y compris les pensionnaires actuels et ceux qui l'ont quitté.*

Nous échangeons sur le sujet, dont la date et la durée n'avaient pas encore été fixées, et je retourne dans mon antre pour organiser cette présentation et faire un inventaire des romans disponibles.

Proche du Maire de sa commune, Richard dit le Bavard, réussit à convaincre l'élu, qui cumule la fonction de député, de faire une manifestation littéraire qui, en cas de succès pourrait conduire à un salon du livre à l'image de celui de Saint Victoret qui en était à son 19ème cette année. Aucune dépense ne serait engagée et, en retour, il souhaitait une petite campagne publicitaire pour attirer des visiteurs.

La proposition était discutée en conseil et obtenait l'accord de ce dernier qui acceptait de faire un affichage sur les points principaux de la ville à condition que les prospectus lui soient fournis. Après avoir retenu les journées les plus propices, le Bavard, avec son imagination débordante, réalisait un très bel ouvrage qui était collé et distribué dans tous les commerces.

Satisfait du résultat, Richard m'appelle et me laisse un message :
- *Stan, si tu es disponible, passe me voir pour la mise au point de mon projet qui est devenu réalité.*

Je réponds favorablement et nous nous voyons dans sa boutique dès le lendemain :
- *Bonjour Richard, tu voulais me voir.*
- *C'est pour ta présentation de tes bouquins, j'ai eu tous les accords et il ne me manque plus que le tien.*
- *Les dates me conviennent et je suis disponible mais dis-moi pourquoi ce changement radical car quand nous étions au Centre tu envisageais de vendre ton « petit commerce ».*
- *Je ne sais pas trop mais je pense que la convivialité qui y régnait et les échanges multiples m'ont apporté une espèce de maturité et une envie de vivre autre chose, j'ai tout de suite pensé à toi et à ta manière d'être.*

Cette éclipse de 3 mois, qui s'est produite entre une vie établie de « vendeur de journaux » et ce « nouveau monde », l'avait physiquement et psychologiquement transformé. La traversée de cette période qui aurait dû être sombre et inquiétante n'a été faite que de découvertes et d'une ouverture vers d'autres horizons. Il était passé des nouvelles éphémères du jour, si peu fiables, à la découverte des écrivains et il voulait faire partager son émerveillement des mots aux autres, et il poursuit :
- *Je commence par toi et je vais continuer avec des prosateurs et poètes connus afin d'attirer un maximum de gens, initiés ou non, et tenter de donner à tous le gout de lire et, surtout, d'imaginer et de rêver, comme je l'ai fait à la lecture de tes romans que je n'avais lus, pour le premier, que par respect pour toi mais qui s'est vite transformé en une boulimie du verbe.*

Le Teigneux

Nous n'avions pas particulièrement sympathisé car il estimait que je faisais partie de ces vieux au milieu desquels il n'avait pas sa place et je n'avais donc aucune raison de le rencontrer ou de le revoir. Mais c'est un article de presse qui attira mon attention, celui-ci fait état d'un règlement de compte entre bandes rivales à Marseille, dans le quartier de la Belle de Mai, et de l'arrestation des protagonistes dont il faisait partie.

Désireux d'en connaitre davantage, je fais des recherches sur Internet sous le nom qu'il avait donné, Nicolas Lefloch, la seule information donnée est : *Nicolas Le Floch est le héros de romans policiers qui se déroulent principalement dans le Paris du XVIIIe siècle*, et qui a fait l'objet d'une série télé à succès.

Je veux en savoir plus et je contacte l'officier de gendarmerie Robert avec qui j'avais définitivement sympathisé car, au titre de cette rixe, une enquête avait dû être diligentée. Dès réception de mon appel le dialogue s'installe :
- *Bonjour Stan, que me vaut l'honneur de ton appel ?*
- *Pourrais-tu me donner des informations sur Nicolas Lefloch ?*
- *Pourquoi, il a dérapé ?*
- *Non, c'est à titre personnel et je n'ai rien trouvé sur Internet, en dehors du feuilleton dont le héros est Nicolas Le Floch.*
- *C'est un enfant de la DASS qui n'avait qu'un prénom, Sam, il a régularisé sa situation en prenant le nom du personnage de cette série auquel il a tenté de s'identifier.*
- *Il a un casier ?*
- *Très peu chargé et pour de menus larcins mais il s'est amendé depuis en se refermant sur lui-même car il en veut à la terre entière pour l'absence de parents, la mère avait accouché sous X. depuis, il mène des recherches qui, jusqu'à présent sont restées vaines.*
- *Personne ne l'a aidé ?*
- *Plusieurs tentatives des différents organismes mais c'est un réfractaire qui ne fait confiance à personne et il risque un jour de mal tourner. Es-tu au courant des origines de son « accident » ?*
- *Je sais qu'il a eu les 2 jambes cassées mais sans en connaitre la cause exacte car, contrairement à tous les patients, il n'en a jamais parlé.*
- *Figure-toi que nous n'en savons pas plus et le Centre également. Selon sa version il serait tombé parait-il, mais les bleus relevés ont laissé les*

médecins perplexes car, selon eux, les fractures seraient consécutives à des coups violents portés à l'aide d'un objet contondant. Aucune plainte n'a été déposée et ce type de blessure ressemble à un avertissement du Milieu. Nous en ignorons le ou les motifs.

- *Vous n'avez pas mené une enquête ?*
- *Pour quelle raison ? … pas de plaignant, pas d'instruction.*
- *Et ce règlement de compte à la Belle de Mai de la semaine dernière ?*
- *C'est la presse qui a exagéré un incident mineur sans gravité mais il y était mêlé, là encore, pas de dépôt de plainte, pas de blessé et les assaillants se sont vite dispersés à l'arrivée des forces de l'ordre, il a été quand même interrogé, mais sans résultat, muet comme une carpe.*
- *C'est vrai qu'il était renfermé dans son coin, il refusait le contact et n'a jamais eu de visite. En analysant bien, il était plein de haine. Merci Robert*
- *Pas de quoi et je suis à ta disposition.*

Je reste un peu sur ma faim mais je suis de l'avis de mon contact, Nicolas-Sam pourrait prendre un mauvais chemin en cherchant à se venger, mais de qui et pourquoi ? Je prends la décision de m'intéresser à son cas.

Robert m'a donné sa dernière adresse connue rue de Crimée, dans le 3ème à proximité de la Belle de Mai, quartier très populaire dont l'identité s'est construite par l'apport des vagues successives de populations immigrées. Quartier surtout italien, puis également polonais, espagnol ou arménien.

Je connais bien le petit bar situé au 63 du Bd de Strasbourg, le Bistrot de la Douane, proche de la rue de Crimée, où je suis allé très souvent prendre un café matinal. Je décide de m'y rendre et, dès mon entrée, exclamation du « patron » :

- *Un revenant … Stan, tu t'es perdu ou tu reprends tes anciennes habitudes des 2 cafés serrés du matin ?*
- *Un peu de nostalgie et savoir ce que tu devenais.*
- *Comme tu vois, rien n'a changé, sauf le poivre et sel de ma tignasse, toi tu restes le même ! Café ?*
- *Comme avant*
- *Oui, je sais, très serré, les 2 en même temps car tu préfères le second qui, selon toi est à température idéal.*

André, le cafetier, est à l'image de son bar, pas très grand, accueillant et haut en couleur, il connaît tout le monde et la plupart de ses clients sont des habitués qui ont, pour chacun, leurs caractéristiques particulières. Il y a celui qui veut se faire passer pour un chef d'entreprise important alors qu'il est un simple préposé chargé de la distribution du courrier dans la société qui l'emploie et son « petit canon » de 10 heures lui fait oublier sa médiocrité. L'agent commercial, toujours pressé de boire son café qu'il trouve toujours trop chaud et les piliers qui font passer le temps en jouant aux cartes. Le lieu est inchangé et les têtes également, comme figés dans le temps.

Je m'installe à une table, André me rejoint avec 2 tasses et s'assoit en face de moi
- *Je fais ma pause en ta compagnie. Alors, raconte.*
Je lui fais un résumé de mon parcours chaotique depuis que j'ai déménagé mes bureaux installés dans ce coin, j'en arrive à mon accident et mon séjour aux Tilleuls, excellente entrée en matière pour l'interroger sur le Teigneux :
- *J'ai d'ailleurs fait la connaissance au Centre d'un type qui habite rue de Crimée et que j'aimerais bien revoir car j'ai perdu son numéro de téléphone, il s'appelle Nicolas Lefloch, un garçon peu bavard et à la mine renfrognée. Tu le connais ?*
- *Je vois de qui tu parles et tu l'as loupé, il était là il y a 15 minutes, toujours aussi peu causant, mais je l'aime bien car il dû en baver.*
- *Tu connais son job ?*
- *Non, je ne lui en connais aucun et il semble vivre de ses rentes dont j'ignore l'origine mais qui semblent confortables.*
- *La drogue ?*
- *Je ne pense-pas car je l'aurais su.*
- *Le racket ?*
- *Non plus, il ne fait rien d'illégal ou alors ce serait dans le plus grand des secrets. Par contre, c'est un féru d'Internet et la seule compagnie que je lui connaisse est celle de son ordinateur sur lequel il passe son temps à pianoter en sirotant son café.*

Je ne lui connaissais pas cette passion au Centre mais peut-être qu'il exploitait sa bécane dans le secret de sa chambre. Décidément il est encore plus mystérieux que ce que j'imaginais. Il fallait que je le rencontre et je réservais ma matinée du lendemain pour l'attendre au bar.

A 7 heures 30 je me pointe à la Douane et, moins d'une demi-heure plus tard, le Teigneux faisait son entrée, toujours aussi taciturne, mais sans omettre de saluer le patron et quelques habitués. Bref temps d'arrêt en me reconnaissant et je prends l'initiative de l'interpeller :

- *Bonjour Nicolas, tu te souviens de moi quand même ?*
- *Parfaitement, qui oublierait Stan-le-curieux !*
- *C'était mon surnom ?*
- *Tu ne le savais pas ? Eh oui, malgré ta réserve, tu sympathisais avec tous les patients et une grande partie du personnel médical.*
- *Je ne pensais pas avoir de sobriquet.*
- *Nous en avions tous un, par ruse, j'ai su que le mien était le Teigneux et ça me convenait parfaitement.*
- *Sinon, que fais-tu depuis ta sortie ?*

Un silence assez long qui pourrait signifier la fin de ce bref échange, tout à fait en accord avec sa manière d'être ou de paraitre depuis que j'avais fait sa connaissance. Il semble alors sortir d'une forme de méditation, brève mais intense, me regarde comme pour me jauger et me répond :

- *C'est assez particulier, et c'est la première fois que j'en parle à quelqu'un, mais je pense que tu es la seule personne capable de recevoir mes confidences sans me traiter de mythomane ou de parano. Je poursuis des investigations qui pourraient me mener à ma perte.*

Je suis intrigué par ses propos ambigus, son air préoccupé et la gravité de sa situation « ... *me mener à ma perte.* » et je veux en savoir plus pour le rassurer ou, si possible, l'aider. Je l'invite à poursuivre. Il me fixe avec des yeux qui pourraient être ceux d'un illuminé et, avant de reprendre il m'avertit :

- *Stan, je ne sais pas si je peux te confier mon secret car s'ILS l'apprennent, ta peau ne vaudra pas chère ... ... mais comme nous sommes ensemble, le mal est peut-être déjà fait.*

Décidément, il parle par énigme et je ne sais plus quoi penser. Je ne peux que rester dans l'attente d'une suite.

Il absorbe doucement son café, me regarde à nouveau avant de reprendre :

- *Avant de poursuivre je dois t'éclairer sur un trafic dont tu n'as pas idée.*

Il ouvre son ordinateur, semble faire une recherche puis le tourne vers moi et me demande de lire l'extrait d'un article.

"Trafic de médicaments - Enquête sur les nouvelles filières … à l'aéroport de Zurich. Chaque mois, les douaniers helvétiques interceptent 120 produits. Le plus souvent, il s'agit des contrefaçons ou de vrais médicaments soumis à prescription, vendus illégalement sur internet.

Renforcé par le développement des achats sur internet, où un médicament vendu sur deux est une contrefaçon, **ce trafic rapporte 200 milliards d'euros par an,** deux fois plus que le trafic de drogue, précise le documentaire …

Pilules érectiles et autres contrefaçons
Au premier rang des produits plébiscités sur le web, les pilules érectiles du type viagra, des compléments minceur et des produits dopants. Souvent aussi, des médicaments dont l'usage est détourné.

Si ce qui est révélé à travers ce documentaire n'est pas nouveau, ce n'en est pas moins vertigineux. Avec la Chine, l'Inde produit 75% des produits pharmaceutiques trafiqués, dans des usines qui ont parfois pignon sur rue. Dans le cas des pilules érectiles, les fabricants tiennent même à disposition des dizaines d'emballages de marques différentes.[4]

Je suis effaré et je ne peux pas m'empêcher de lui demander
- *Pourquoi cette curiosité de ta part ?*
- *Un concours de circonstances. J'avais un très bon ami qui, avant mon « accident », est mort, à 26 ans, d'un arrêt cardiaque et le côté anormal de ce décès a conduit à une enquête, suivi d'une autopsie, qui a révélé l'absorption d'un produit médicamenteux contrefait. Totalement profane en la matière, j'ai voulu comprendre en menant mes propres investigations.*

Il fait alors une pause avant de poursuivre :
- *Etant curieux de nature, j'ai tout mis en œuvre pour en savoir plus. Tout y est passé pendant mes 6 mois d'exploration, Internet, contacts pour savoir comment me procurer ces produits, tentative d'infiltration de ce milieu et visite d'un laboratoire qui n'avait rien de clandestin mais dont les fonds semblaient douteux.*
  Sans m'en apercevoir, j'ai dérangé beaucoup de monde et, un soir, alors que je faisais mon jogging habituel, j'ai été intercepté par 2 individus munis de battes de baseball qui m'ont demandé d'arrêter de fouiller avec, en guise

---

4 [4] Extrait d'une émission de la RTS d'octobre 2017

d'avertissement, la fracture de mes jambes et la promesse de « terminer le travail » si ……………

- *C'est donc cette agression qui t'a conduit au centre ?*
- *Oui, après 4 jours d'hôpital au cours desquels j'ai été appareillé.*
- *Tu t'es libéré de tes démons ?*
- *Ce ne sont pas des démons comme tu dis, mais des réalités cachées et dangereuses pour qui s'y aventure.*

Nouvelle interruption d'un Nicolas qui ne peut plus tergiverser. Il reprend son récit et me confirme qu'il pensait s'être calmé avec la promesse de ne plus investiguer.

A l'issue du premier mois passé au Centre, et de toutes les obligations liées à son état, l'ennui et sa curiosité naturelle le conduisaient à tout observer. Il remarque alors des allées et des venues de VSL qui ne transportaient pas que des malades, certaines repartaient très discrètement avec des brancards couverts qui arrivaient, non pas des salles de soins, mais de l'arrière du bâtiment.

La curiosité l'emporte sur la sagesse et, Intrigué, il veut en savoir plus, surtout qu'il reconnait certains chauffeurs qui n'avaient rien de commun avec le milieu hospitalier mais, plutôt, avec le milieu tout court.

Son handicap ne lui permet pas de se déplacer comme il le voudrait mais, en même temps, il lui permet de circuler au milieu d'autres fauteuils roulants, leurs occupants vaquant au gré de leurs obligations ou de leurs distractions comme le jeu de boules mais, également, de se rendre au centre annexe des Tilleuls.

Considérant que la meilleure façon de ne pas être remarqué est celle de se montrer au vu et au su de tous, il décide donc d'aller directement dans la partie réservée aux livraisons au cours d'un transfert qui lui semble suspect, mais mal lui en a pris car des espèces de vigiles lui font signe de dégager d'une manière peu affable et l'un d'entre eux passe un coup de fil en le regardant fixement, comme pour le décrire.

Nicolas me dit qu'il a compris qu'il était repéré et qu'il avait tout intérêt à regagner la cafète pour se fondre au milieu des habitués. Il me livre ses réflexions :

- *Je n'ai pas eu peur mais leur attitude, et cet appel téléphonique, m'ont paru inquiétants. Je ne sais pas ce qui se trame mais cela ne peut être que, soit aux dépens du centre, soit une espèce de boite à lettres, ou un relais intermédiaire qui permet ce transit en toute discrétion.*
- *Arrête tout, fais toi tout petit.*
- *C'est beaucoup trop tard et, quoique je sache, par précaution ILS vont « m'accidenter » avant de s'en prendre à ceux que j'ai pu côtoyer, et tu en fais partie, raison pour laquelle il fallait que je te mette en garde.*
- *Tu as peut-être trop d'imagination ?*
- *Souhaitons-le, mais je n'y crois pas trop, reste sur tes gardes, sois vigilant en permanence et, maintenant, pars de la manière la plus naturelle pour tenter de donner le change aux observateurs potentiels.*

Je me lève, le salue sobrement et, avant de me rendre à ma voiture, je fais un tour du quartier avec arrêt dans des boutiques pour tenter de voir d'éventuels suiveurs. Tout semble normal et je regagne mon véhicule.

Son histoire me parait incroyable mais je dois reconnaitre qu'elle avait un accent de sincérité troublant. Je ne cherche pas à en savoir davantage et je reprends mes activités qui me permettront de mettre son récit dans le casier des anecdotes, intéressantes, certes, mais amplifiées par un esprit un peu trop en ébullition.

Je passe les jours suivants à tout épier autour de moi pour détecter d'éventuels observateurs, je limite mes appels téléphoniques et je me méfie de toutes les nouvelles têtes que je rencontre ou que je croise. Sans virer à l'obsession, mon comportement intrigue mes proches, famille et amis, je dois impérativement me reprendre pour ne pas sombrer dans la paranoïa et être soumis à une psychothérapie associée à la prise de neuroleptiques.

Les informations partielles sur le démarrage de la vie de Nicolas, enfant de la DDASS, et les confidences qu'il venait de me faire, donnaient un éclairage nouveau sur un personnage que tout le monde avait mal appréhendé, d'où ce surnom de Teigneux et de son imperméabilité aux effets bienfaisants du Centre.

Toutes ces réflexions presque stériles et mes actions qui semblent avorter me mettent dans un état de de procrastination[5] que je dois impérativement dominer. Mon mal-être finit par passer et je reprends ma vie normale.

____

[5] *Le « retardataire chronique », appelé procrastinateur, n'arrive pas à se « mettre au travail », surtout lorsque cela ne lui procure pas de satisfaction immédiate*

Zinedine « l'Algérien »

Mes journées sont à nouveau cadencées par des activités sportives nécessaires à la reconstruction de mes muscles, des marches en pleine nature pour retrouver un équilibre indispensable et des exercices manuels afin de tenter de reconstruire le nerf ulnaire écrasé lors de ma chute.

C'est au cours d'une balade au milieu de nulle part que mon téléphone se met à vibrer, je le consulte et, à ma grande surprise, c'est Zinedine qui m'appelle :
- *Stan ?*
- *Oui Zinedine, tout va bien j'espère ?*
- *A la perfection. Nous nous étions promis de pas perdre le contact et, comme je viens de rentrer d'une récréation de 15 jours à l'ile Maurice, j'honore notre engagement et, si tu es disponible à midi, je t'invite au restaurant Ahwash pour se régaler d'un bon couscous ou tout autre plat typique.*
- *Pourquoi pas ! Je suis dispo et il y a bien longtemps que je n'ai pas mangé de la cuisine marocaine. A quelle heure ?*
- *Disons 12 heures 30.*
- *Parfait, je te retrouve sur place.*

Ne connaissant pas ce restaurant, je consulte sur un site spécialisé les avis des clients et l'un d'entre eux précise « *Sublime, exquis, rare, générosité et cœur, je recommande vivement cette petite pépite au cœur du Panier. Les mets sont délicieux, savoureux et copieux, le cadre est splendide et atypique, l'accueil soigné et chaleureux. Merci à vous de prendre soin de nous de cette façon … ».* Satisfait, je prends mes dispositions pour être à l'heure convenue. Après une recherche vaine de place pour me garer, je fais le choix du parking Phocéen, proche de la rue Lorette et je parcours les rues adjacentes pour arriver sur place.

J'entre dans la salle et je vois Zinedine qui me fait un signe de la main pour m'inviter à le rejoindre et il se lève pour une accolade amicale avant de nous asseoir et j'engage le dialogue :
- *Tu vois, nous avons fini par nous revoir dans un environnement bien différent de celui de la cafète ! Que deviens-tu ?*
- *Effectivement, mais nos récréations au Centre étaient riches d'échanges et de réflexions sur les accidents de vie qui l'ont justement bouleversé. Quant à mon statut de chauffeur poids-lourd, qui m'avait confiné dans ce monde*

de « routier sympa » et de déplacements riches de découvertes ainsi que des particularités de chaque région, j'en étais satisfait. Cet accident m'a privé de ce travail pendant, au moins un certain temps, si ce n'est pour toujours, et j'ai dû me remettre en question, surtout que j'ai fait la connaissance d'une aide-soignante qui pourrait devenir la femme de ma vie.

- *Et que vas-tu faire maintenant ?*
- *Suivre un stage de formation, mais j'ignore encore lequel parmi ceux qui me sont proposés. J'ai le choix entre développeur en informatique qui me tente assez car cette activité intellectuelle correspondrait à ma manière de raisonner, et cette reconversion sera salutaire car la demande dans ce domaine est bien plus élevée que l'offre, et formateur de chauffeurs poids-lourds car je dispose de toutes les qualifications.*
- *J'ai l'impression que ça représente un changement dans ton mode de vie ?*
- *Effectivement, cet arrêt brutal et imprévisible dans ma vie routinière, ainsi que la découverte d'un monde qui m'était inconnu, m'a fait prendre conscience de la mutation qui s'opérait en moi, comme un passage brutal de l'ombre à la lumière.*
- *C'est un bon signe, et tu envisages de fonder une famille ?*
- *Je ne pense qu'à ça et nous avons même fixé la date de « fiançailles », prévues le mois prochain, et tu seras bien sûr invité pour, entre autres, t'entendre prononcer un discours sur « les liens sacrés du mariage ».*

Nous terminons notre repas sur cette note optimiste, en choquant nos verres de thé à la menthe en signe de connivence.

Je ne connaissais pas Zinedine avant ce séjour aux Tilleuls et j'ignorais tout de ce garçon qui avait été hospitalisé quelques jours avant moi et après son accident de moto dont les conséquences avaient été graves de conséquences.

J'ai vu sa transformation au cours de notre séjour. A mon arrivée, il était encore sous le coup de sa mésaventure, celle-ci l'avait rendu furieux mais avait déclenché une prise de conscience sur la précarité des choses que l'on croit acquises.

Pour lui, son avenir était tracé puisqu'il thésaurisait pour faire l'acquisition de son camion dont le prix avait été fixé par son patron qui avait donné son accord pour qu'il prenne son indépendance. Une partie de ses clients était acquise et il recruterait un chauffeur débutant pour le former avant de lui confier son véhicule et faire l'acquisition d'un second à crédit. Son rêve était en passe de se réaliser puisqu'il avait un rendez-vous important fixé le mardi de la semaine à venir, mais son accident avait tout brisé, autant l'homme que son rêve.

Là encore, la sérénité du Centre, la gentillesse du personnel, les pathologies particulières de chacun des internés et les échanges sur les causes de leur claustration forcée ont détruit la carapace dans laquelle Zinedine s'était enfermé et sa détente fut perceptible.

Son horizon se dégageait sur une nouvelle vision de son monde.

La fracture

De passage au Centre pour récupérer des documents je croise un jeune homme que j'ai du mal à reconnaître dans son costume de belle facture, mais sobre, et c'est lui qui m'interpelle :
- *Stan ! tu viens te resourcer ?*
- *Jean-Philippe ! j'ai bien failli ne pas te remettre. Non, j'avais de la paperasse en attente. Et toi ?*
- *Même motif, régularisation de ma situation hospitalière.*

Je le regarde avec plus d'attention pour tenter de comprendre la raison de mon hésitation et celle-ci me parait soudain évidente. A l'époque, je n'avais pas défini sa taille puisqu'il circulait en fauteuil, et la minerve métallique, qui maintenait son cou et sa nuque, le grandissait et accentuait une personnalité un peu surfaite de jeune parvenu qu'il ne cherchait pas à démentir.

Dépourvu de son attirail, il n'était pas aussi grand que ce que j'avais imaginé et son visage détendu reflétait toute son intelligence et une ouverture apparente d'esprit peu perceptible au temps du Centre.

Les traits de son visage étaient réguliers et son nez plat avec des narines larges et un bout arrondi confirmait sa personnalité avenante mais avec un caractère bien trempé. Il avait l'air sympathique et calme, mais il ne fallait pas se fier à cette apparence en tentant de profiter de lui ou d'abuser de sa patience car, si certaines limites étaient dépassées, sa colère pouvait être terrible.
- *Tu es devenu muet ?*
- *Non, je cherchais ce qui avait changé en toi.*
- *La suppression de tous mes accessoires de cirque, tout simplement.*
- *Non, au Centre, tes accessoires, comme tu le dis, ne faisaient que mettre en exergue ton coté apprêté, ou snob si tu préfères, alors que tu ne bénéficiais d'aucun privilège particulier, dû ou non, à ce que tu devais estimer être de ton rang.*
- *Je dois admettre que la simplicité des contacts et des relations dans ce milieu clos m'a, dans un premier temps, choqué car j'ai été habitué à plus d'égard de la part de mon entourage.*
- *C'est-à-dire ?*
- *J'ai toujours évolué dans un milieu aisé, que certains qualifieraient de riche avec, de surcroit, un père qui se voulait aristocrate, dans le vrai sens du*

terme, c'est-à-dire, « aristo » qui signifie « le meilleur » et « Kratos », en grec « pouvoir », il voulait donc « le pouvoir des meilleurs » et, pour cela, il a fait l'acquisition d'un titre de Baron et nous a élevés dans cette tradition. Il estimait que pour contrebalancer la décadence des mœurs de notre société qui a perdu tout sens moral, il fallait faire prévaloir les qualités et vertus qui sont notre héritage comme, la fidélité, la tempérance, le courage, la justice, l'humilité et la compassion.

- *Très bien, mais ce n'est pas l'image que tu donnais.*
- *Je veux bien le croire car, en tant que « petit dernier » de la famille, j'ai été « pourri-gâté », avec ce sentiment que tout m'était dû et que l'argent pouvait tout acheter. J'étais intouchable jusqu'au jour de mon accident stupide et je suis arrivé au Centre avec un profond sentiment d'injustice : comment un tel incident avait pu m'arriver ? J'en voulais à la terre entière et je traitais tout le monde par le mépris.*
- *A quel moment as-tu changé ?*
- *A ma sortie, j'ai brutalement pris conscience du fossé qui existait entre mes 6 mois de simplicité presque complice avec une assemblée hétéroclite et attachante, et ma vie de débauche qui allait peut-être me détruire avant même d'avoir réellement existé. J'ai alors pris la décision de quitter le flamboyant de mes habits pour endosser ceux de l'austérité et de l'humilité comme le veut l'ordre des chevaliers tel que me l'avait décrit mon père.*
- *Et que fais-tu maintenant ?*
- *Je vais terminer des études que j'avais interrompues par manque d'envie et je rejoindrai ensuite l'entreprise de mon père, comme il l'a toujours voulu.*
- *Je ne te souhaite pas « bonne chance » car tu as tous les atouts de ton côté et tu sauras en tirer le meilleur profit.*
- *Merci pour tes vœux*

J'apprenais plus tard qu'il avait obtenu son doctorat avec mention très bien et qu'il avait présenté sa thèse devant un parterre de personnalités scientifiques dont certaines avaient été ses professeurs qui avaient perçu les promesses d'un avenir brillant.

Le cambriolage

Cette espèce de pèlerinage m'a fatigué plus que de raison et j'en suis étonné car je n'ai rien fait d'extraordinaire. En fait je n'ai pas tenu compte de mes faiblesses engendrées par mes mois d'arrêt, la perte des muscles indispensables à ma stabilité et au manque d'équilibre qui conduisent quelques fois à des chutes.

La dernière aurait pu faire l'objet d'un gag tant elle a été remarquable, mais c'est un peu le destin de ces belles bûches qui font toujours rire les spectateurs devant la balourdise de la victime.

Ce matin-là, j'inspectais l'état de ma piscine qui avait fait l'objet d'un nettoyage approfondi, afin que je puisse procéder à son remplissage. Tout semblait parfait et il ne me restait plus qu'à placer le tuyau d'eau au bon endroit. En me baissant pour le ramasser, une instabilité incontrôlable m'a fait passer cul par-dessus tête et j'ai plongé dans les deux mètres de vide en proférant des jurons de rage. Heureusement, mes entrainements intensifs de judoka et de parachutiste dans ma jeunesse, m'ont permis d'amortir le choc par un roulé-boulé au cours duquel seul un doigt a accroché le bord en béton.

Ce heurt s'est traduit par une luxation de l'auriculaire de la main gauche qui s'est retrouvé à l'angle droit. Mon premier réflexe a été de me rendre chez mon pharmacien qui m'a immédiatement conseillé d'aller aux urgences pour des examens complets suivis de l'intervention probable d'un médecin.

Dans la foulée je me fais accompagner au centre le plus proche et, après plus de quatre heures d'attente dans une salle bondée, en partie par une famille de gens du voyage qui ne voulait pas que le grand-père se sente seul, et une série d'anecdotes plus risibles que dramatiques mon tour arrive, je passe des radios qui confirment une luxation sévère que le médecin décide de réduire en me posant une question :
- *Sous anesthésie locale ou à chaud ?*
Je n'ai pas le temps de terminer mon hochement d'approbation et il me tire sur les phalanges :
- *C'est fait et aller passer une nouvelle radio pour voir le résultat.*
Je m'exécute, il examine et donne son feu vert sans toutefois préciser à l'infirmière la pause d'une attelle. Résultat, ce petit doigt s'est replié sur lui-même et je suis maintenant handicapé des deux mains.

Ce nouvel état m'interdit tous travaux de sculpture, de bricolage et autres que je compense au mieux.

Je ne cherche pas à m'apitoyer sur mon sort mais cette accumulation de « petits désagréments », depuis ma triple fracture, me sape le moral et a tari toutes mes sources d'inspiration aussi bien en poésie qu'en roman.

Un peu abattu, je vais m'allonger sur ma couche et ma chienne, qui semble partager mon malheur, vient se mettre au pied de mon lit en posant sa tête sur mon bras, le regard triste, elle semble me supplier. Elle se lève, quitte la chambre pour y revenir, sa laisse dans la gueule pour m'inviter, comme tous les matins, à aller courir en rase campagne. Pourquoi pas ? Devant mon hésitation, elle s'ébroue en signe d'encouragement. Je chausse mes baskets, c'est pour elle le signal de départ, elle fonce vers la sortie et se met à l'arrêt pour attendre l'ouverture de la porte.

Nouvelle attente devant la portière voiture, moyen de déplacement pour nous rendre sur notre lieu de course et ce n'est qu'arrivée sur le site qu'elle fait preuve d'une certaine impatience.

Nous effectuons notre périple habituel, 18 à 20 Km pour elle, compte tenu de ses allers-retours incessants et 12 pour moi. Une heure et demie plus tard, nous sommes de retour et prêts à commencer notre journée mais Kinola marque un temps d'arrêt en arrivant devant la porte d'entrée qui semble avoir été crochetée.

En effet, en regardant de plus près, celle-ci l'a été et je n'ai qu'à la pousser pour l'ouvrir. La chienne s'engouffre, fait un tour complet en reniflant un peu partout au milieu d'un désordre méthodique qui confirme l'intrusion d'un ou de plusieurs individus qui ont procédé à une fouille en règle et, après contrôle, n'auraient emporté que mes deux ordinateurs portables qui, sur le plan financier, avaient moins de valeur qu'un certain nombre d'appareils et de bibelots bien plus intéressants.

Je garde mon calme, je me prépare un café tout en essayant de comprendre la raison de ce vol. Mon ordi principal est chargé en grande majorité de fichiers texte qui sont les différentes versions de mes romans et, le second, me sert pour mes consultations sur Internet et contient toutes mes sauvegardes.

Je suis dubitatif mais je me rends à la gendarmerie pour déposer une plainte et m'informer sur la fréquence des vols dans mon quartier. L'officier qui me reçoit, après lecture de ma déposition, est étonné par la particularité du vol et des risques pris par les malfaiteurs car la résidence est enclavée, se termine en cul-de-sac et peu de malfaiteurs s'aventurent par crainte de se faire coincer bêtement. Il enregistre ma déclaration, me conseille de ne rien toucher jusqu'à l'arrivée des enquêteurs qui devraient passer en début d'après-midi.

Je regagne mon domicile et, au passage, j'interroge les voisins disponibles pour les informer et leur demander s'ils avaient constaté une activité ou une agitation anormale au petit matin. Réponse négative, rien d'anormal …

A 14 heures, sonnerie brève, et j'ouvre le portail à deux gendarmes que je connais, ils sont équipés d'une mallette qu'ils posent sur la table d'entrée avant de me parler :
- *Monsieur Plantevin, notre capitaine nous a fait part de votre incident et nous a demandé de tout examiner en détail et de faire des relevés d'empreintes.*
- *Relevés d'empreintes ? mais ce n'est pas une procédure habituelle ?*
- *C'est vrai, mais la particularité de votre vol l'a intrigué et il nous a demandé d'être méticuleux.*

Je les regarde faire et qu'elle n'est pas leur stupéfaction en s'apercevant que l'entrée et une partie de mon bureau avaient été nettoyés avec soin et que seules mes empreintes récentes étaient visibles.

Intrigué par les particularités de ce « cambriolage », je me rends à nouveau au poste pour tenter d'avoir des réponses à ce mystère. L'officier m'attendait :
- *Mes hommes m'ont briffé et je pensais que vous n'alliez pas tarder à vous manifester.*
- *Je pense qu'il y a de quoi. Au cours de mon footing journalier, des gens malintentionnés pénètrent chez moi et limitent leur forfait à mes deux ordinateurs en prenant soin de ne laisser aucune trace.*
- *Ils devaient penser que ceux-ci contenaient des informations importantes. Vos activités actuelles ont elles un caractère confidentiel ?*
- *Pas du tout, à part mes écrits, je ne note rien d'autre.*
- *Il doit bien avoir quelque chose qui les motive. Nous poursuivons et nous demanderons à la police municipale d'organiser des rondes, à tout hasard.*

Il est plus de 16 heures, il est temps de rentrer pour remettre de l'ordre à la fois dans ma tête et dans la maison. Je procède à un nettoyage complet en me concentrant sur les tâches à accomplir et, satisfait, je vais m'asseoir dans le salon, rejoint par Kinola en quête de caresses.

Mise en garde

Ma nuit s'est déroulée dans de bonnes conditions et, au petit matin, je me lève frais et dispo, mes angoisses de la veille sont, si ce n'est oubliées, mises dans un coin de mon esprit.

Je me prépare pour effectuer mon parcours matinal mais celui-ci semble mal parti, car deux individus sortent d'un Van noir, à l'image de ceux que l'on voit dans les feuilletons policiers à la télé, et viennent vers moi. Le véhicule est garé devant mon portail, prêt à repartir.

Kinola se met à l'arrêt, babines retroussées avec un grognement sourd, comme pour marquer sa méfiance. Je ne me préoccupe pas d'eux, mais ils m'interpellent :
- *Monsieur Plantevin ?*
Le mode interrogatif est de pure forme car ils n'ont aucun doute sur mon identité :
- *Pouvez-vous nous accorder un moment ?*
- *Oui, qui êtes-vous et à quel sujet ?*
Ils se tiennent à l'écart de la chienne :
- *Nous représentons une entreprise dont les activités paramédicales semblent vous intéresser.*
L'un d'entre eux sort de sa poche un tazer et me prévient :
- *Enfermez votre chien ou je lui envoie une décharge qui pourrait lui être fatale.*

Ils n'ont rien de menaçant mais ils semblent décidés. J'appelle la chienne qui vient se mettre à mes pieds, prête à bondir si l'un d'entre eux avait une attitude qu'elle estimerait déplaisante et je réponds à leur interrogation :
- *Je ne comprends pas l'objet de votre demande : mon intérêt pour des activités paramédicales ?*
- *Ne faites pas l'innocent, vos relations avec Nicolas Lefloch démontrent le contraire*
Je marque un temps d'arrêt, ils semblent bien informés, Nicolas avait raison, il le piste en permanence et tous ses faits et gestes sont analysés afin de définir les risques engendrés par des révélations compromettantes faites à des tiers.
- *J'ai effectivement de bonnes relations avec Nicolas mais de là à en déduire que je connais tout de lui est un raccourci un peu rapide et infondé.*
- *Peu importe votre niveau de connaissance, mais vous êtes prévenu et toute tentative d'intrusion dans nos affaires sera sanctionnée.*

Sur cette menace, ils remontent dans leur véhicule et repartent dans un silence feutré.

Je reste dubitatif, les allégations de Nicolas sont avérées et, pour ainsi me trouver et se permettre de m'interpeler devant chez moi, l'organisation de ces gens est efficace et doit être redoutable.

En l'absence d'une implication personnelle, je ne dois prendre aucun risque, mais comment me préserver ? Je pense alors à mon ami Robert, le gendarme et, comme je dispose de toutes ses coordonnées, je décide de l'appeler/

- *Robert ? bonjour, Stan à l'appareil*
- *J'ai reconnu ta voix, que me vaut cet appel ?*
- *Pourrions-nous nous rencontrer ?*
- *Tu as des problèmes ?*
- *Aucun, sauf un cas de conscience.*
- *Qui concerne ?*
- *Un trafic de médicaments …*

Silence de mon interlocuteur avant qu'il ne reprenne :

- *Je ne comprends pas … Tu as ce genre d'activité ?*
- *Pas du tout, mais j'ai été menacé par des personnages qui pourraient sortir tout droit d'une série policière avec leur allure, leur VAN noire et leurs propos.*
- *Tu m'intéresses, tu peux passer à la brigade ?*
- *Oui, et quand ?*
- *Tout de suite si tu es libre.*
- *Ok, le temps d'arriver.*

Comme disait mon père « autant battre le fer tant qu'il est chaud »

Garde à vue

Toujours avec les mêmes précautions, je me rends à la gendarmerie et, dès mon arrivée, Robert me reçoit, me conduit dans son bureau et il attend que nous soyons installés pour me demander plus de détails sur le mobile de ma venue :

- *Tu n'as pas été très explicite sur ce trafic de médicaments auquel tu sembles être mêlé.*
- *Pas du tout mêlé mais indirectement impliqué.*

Je lui raconte toute l'histoire initiée par mon rapprochement avec le teigneux et tout ce qui en a suivi dont les menaces explicites à mon encontre. J'évoque également celles reçues par Nicolas et qui pourraient se matérialiser à court terme. Ses services en ont pris conscience et sa surveillance a été accrue, et il poursuit :

- *En ce qui te concerne, je ne sais pas trop quoi faire ?*
- *Pour me protéger, mets-moi en garde à vue sous un prétexte quelconque.*
- *C'est une solution mais elle risque de t'exposer encore plus car nous risquons de placer tes adversaires dans la situation irréversible de l'élimination d'un élément douteux, toi en l'occurrence.*
- *C'est vraisemblable, mais en jouant le rôle de chèvre, j'attirerai ces loups que vous pourrez appréhender en flag.*
- *Il est hors de question de te mettre en danger et cette stratégie ne nous permettrait pas d'atteindre notre but qui est celui de mettre fin à ce trafic. Nous aurions tout au plus quelques comparses vite remis en circulation par manque de preuves flagrantes.*
- *Quelle serait la solution ? Je ne pourrai pas les infiltrer, mon visage est connu et ils ne seraient pas dupes.*
- *Il n'y en a pas car le marché des médicaments contrefaits vendus illégalement, qui a été pendant longtemps l'apanage des pays en développement, est en passe de devenir hors de contrôle. Internet est le principal vecteur de ce marché noir et 95 % du commerce en ligne est aux mains d'organisations mafieuses.*
- *Mais qui se cache derrière ces fausses pharmacies en ligne ? Comment sont acheminés les médicaments en Europe ? Qui sont les producteurs de médicaments contrefaits ?*
- *Nous avons des réponses à certaines questions comme celle des producteurs qui sont principalement les pays d'Asie, mais pour le reste, c'est tout l'objet de nos investigations qui, jusqu'à présent sont restées vaines.*
- *Vous progressez ?*

-   *Très peu, je te demanderai par contre de tout arrêter et de te faire tout petit car tu n'aboutiras à rien et nous n'avons pas les moyens de te mettre sous surveillance comme nous le faisons avec Nicolas qui ne nous facilite pas la tâche.*

-   *Nicolas est sous surveillance ?*

-   *Eh oui, car nous craignons qu'il soit éliminé d'une manière ou d'une autre mais selon les méthodes de la Maffia, jeté dans le port avec des bottes en béton.*

-   *Je ne risque pas le même traitement ?*

-   *Je ne le pense pas car, selon toute vraisemblance, leur avertissement a dû être considéré comme suffisant car tu n'es pas un acteur mais un simple passant dans cet épisode du parcours de leur cible principale.*

-   *Bon, je suis tes conseils et je reprends ma vie normale. Merci et j'espère ne pas revenir te voir.*

La prédiction

Trois semaines viennent de passer sans fait marquant ni manifestation de mes intimidateurs d'un jour. Je peux reprendre mes activités consultatives en renouant avec mes anciens compagnons d'infortune qui, à quelques exceptions, ont muté au cours de cette expérience en vase clos.

Sans vouloir bousculer mes habitudes ni mettre en cause mes convictions, je pense à mon devenir et à une prédiction non formulée par cette vielle femme marocaine sur la place Jemaa-el-Fna à Marrakech, il y a un an jour pour jour.

Avec mon frère, nous avions organisé un voyage du souvenir en nous rendant en voiture au Maroc en traversant l'Espagne par la côte. Périple merveilleux qui nous a rappelé ces voyages en sens inverse que nous faisions tous les ans avec nos parents pour passer nos vacances en France.

C'est un peu l'euphorie, le soir nous couchons dans ces Albergues typiques après un diner composé de tapas, tout va pour le mieux et, 4 jours après nous passons le détroit de Gibraltar pour accoster au port de Tanger et nous poursuivons, là encore, par la côte en nous rassasiant de sfinjs, ces beignets frits dans l'huile, et de brochettes de viande cuites sur des kanouns.

Nous avons l'impression de revivre en arrivant dans ce pays qui nous a vu naitre, avec son peuple accueillant et plein de gentillesse pour les natifs baptisés « Pieds-noirs ».

Véritable pèlerinage, nous savourons tous ces instants de bonheur rencontrés à chacune de nos étapes. Le temps est sans importance mais nous arrivons 3 jours plus tard à notre destination : Marrakech et son souk, dans une boutique de sculptures sur bois précieux, le Thuya, que l'on trouve dans la région d'Essaouira.

Nous garons notre véhicule laissé sous la surveillance de ces jeunes gardiens qui ont chacun une portion de trottoir comme territoire et nous traversons la place qui n'est pas encore envahie par les hordes de touristes. Charmeurs de serpents, singes dressés, conteurs et échoppes de jus en tout genre sont en place pour être prêts à l'heure d'affluence.

Nous passons au milieu des diseurs de bonne aventure et une vieille femme attire mon attention par le regard attentif qu'elle m'adresse. Je m'arrête instantanément, à la grande surprise de mon frère et, de la main elle me fait signe de m'asseoir sur un des tabourets de fortune. Sans un mot, elle me prend la main gauche et dans un très bon français résume ma vie de galère depuis mon accident ainsi que ses suites et se tait brutalement.

Je voudrais en savoir plus mais elle se contente de me dire que je suis un artiste poète qui sera un jour connu. J'insiste et, au lieu de poursuivre, elle prend d'autorité la main gauche de mon frère pour lui prédire l'avenir long et serein d'un centenaire.

Je m'exclame :
-   Et moi alors !
Elle me répond par un regard appuyé puis détourne les yeux, pour elle tout avait été dit, mais elle murmure « sana ». Nous la quittons pour la poursuite de nos courses et, à notre retour, je la cherche, sans la trouver, son petit emplacement et vide. Dans mon arabe dialectale un peu rudimentaire je demande à ses voisins où elle passée et les réponses m'étonnent car selon eux, il n'y avait personne et, en regardant la place qu'elle aurait occupée, son état montrait clairement qu'il n'avait pas été utilisé depuis un certain temps.

Je suis revenu les 2 jours suivants et seul le vide était présent. Chose étrange, mon frère ne se rappelait plus de ces échanges très brefs dont il avait été le témoin.

Notre temps de vacances s'était écoulé et nous reprenions la route du retour en toute sérénité mais je gardais en mémoire son dernier mot « sana » qui peut se traduire par « un an ».

Infection

Réveil en fanfare sonné par les aboiements de ma chienne qui veut aller s'ébattre dans le jardin par un beau soleil levant, j'enfile ma sortie de bain avant de lui ouvrir la porte et je sors avec elle. Pour un début de mois de mars, le temps est magnifique, ce qui me décide à prendre mon petit-déjeuner sur la terrasse après avoir préalablement préparé la gamelle de Kinola qui frétille de joie.

Le jus de pomme fraichement centrifugé, un café court et 2 biscottes briochées débutent ma journée et je savoure cet instant de grâce après tous ces mois de galère au cours desquels je suis passé par différentes phases qui allaient des douleurs insupportables à des moments de perte totale de conscience pour retomber dans le désespoir d'une situation de larve incapable de réagir.

Malgré toutes les attentions prodiguées aussi bien à l'hôpital que dans ce Centre exceptionnel, je ne voulais plus renouveler cette expérience d'une perte totale d'autonomie dans les premiers mois suivie, pendant plus d'une année, d'efforts soutenus pour une remise en condition normale.

La persistance de mon problème d'équilibre précaire m'a conduit à consulter des spécialistes qui ont procédé à toutes sortes d'examens, de radio et de scanner pour conclure à un état parfaitement normal. Je devais être patient et le temps ferait le reste.

J'étais confiant et ma reconstruction était en bonne voie et passait par une nutrition saine et équilibrée et j'abandonnais le confort de la terrasse pour aller faire les courses indispensables.

Je sors la voiture du garage pour me rendre dans une grande surface proche de chez moi. La radio diffuse une musique agréable entrecoupée par les bulletins d'informations générales qui font état d'un virus inconnu qui a fait son apparition en Chine, dans la province de Wuhan. Sa forme en couronne lui donne son premier nom, Coronavirus ou Covid 19.

J'écoute cette information distraitement, j'apprends que ce virus est très contagieux et les personnes âgées les plus fragiles peuvent en mourir. J'arrive sur le parking, tout semble normal avec la foule habituelle qui se presse pour entrer dans le magasin et, une fois dedans, certains clients rencontrent des connaissances et, sans complexe, bloquent leur chariot en plein milieu des allées pour des embrassades et des échanges de nouvelles. Ça m'agace car je dois faire un vrai parcours du combattant pour atteindre les rayons.

Mon caddy est à moitié rempli de victuailles diverses et suffisantes pour la semaine, je peux rentrer. Nouvelle information sur le virus qui ne semble pas maîtrisé et qui se répandrait comme une trainée de poudre en direction de l'Europe. Pas d'instruction particulière mais un début de mise en garde sur une contagion possible par simple contact.

En arrivant chez moi je consulte sur Internet et j'apprends :
« Les coronavirus (CoV) forment une grande famille de virus qui provoquent des manifestations allant du simple rhume à des maladies plus graves tels que le syndrome respiratoire du Moyen-Orient (MERS) et le syndrome respiratoire aigu sévère (SRAS). Un nouveau coronavirus (nCoV) est une nouvelle souche de coronavirus qui n'a pas encore été identifiée chez l'homme.
Les recommandations standard pour prévenir la propagation de l'infection comprennent le lavage régulier des mains, le fait de se couvrir la bouche et le nez lorsque l'on tousse et éternue. Il faut éviter les contacts étroits avec toute personne présentant des symptômes de maladie respiratoire tels que la toux et les éternuements. »

Ces généralités sont intéressantes mais sans plus car elles ne donnent pas l'origine, les conséquences et la gravité de cette contagion. On verra ça plus tard. Je reprends mes activités et les passe en écoutant avec plus d'attention les informations qui vont crescendo sur une contagion partie de Chine et qui, petit à petit, a gagné toute la planète, aucun pays n'est épargné.

Jour après jour la maladie progresse en infectant les gens par dizaine de milliers et rien ne semble pouvoir l'arrêter. Pour l'instant je ne suis pas inquiet mais les informations permanentes diffusées dans tous les médias, presse, radio et télé, sont préoccupantes et des mesures doivent être prises.

Chaque pays a sa stratégie qui va de l'isolement totale au port de masques.

Théorie du complot

La télé s'est emparée de ce sujet en annonçant l'intervention du premier ministre avant les infos de vingt heures. A l'heure pile, Edouard Philippe prend la parole et fait officiellement état de de ce qu'il appelle une pandémie qui ne pourra être limitée, à défaut d'être éradiquée, par un confinement drastique.

Nous entrons alors dans une période indéterminée de privation de liberté et nous avons droit, tous les soirs, à un discours lénifiant du ministère de la santé qui, tout en annonçant le nombre de morts de la journée, nous enjoint de rester calfeutrés afin de juguler ce virus.

J'obtempère et je fais mes courses par Drive afin de m'alimenter avec un minimum de risques. Je prends des nouvelles de mes proches et de mes amis par téléphone et par messages et je reçois des réponses dont un courriel assez particulier et que je reproduis en intégralité car il m'a laissé méditatif :

Date : 26.03.2020

*CHINE BIEN JOUÉE … …

S'il vous plaît lisez attentivement ce texte et vous conviendrez avec l'auteur que la Chine s'est bien préparée, s'est sabordée et s'est guérie juste pour détruire l'économie de ses potentiels concurrents, bravo elle a réussi son coup...elle s'est ouverte maintenant un grand boulevard, elle est maintenant incontestablement la première puissance mondiale.

SCÈNE 1 :

Le rideau s'ouvre : la Chine tombe malade, entre dans une "crise" et paralyse son commerce. Le rideau se ferme.

SCÈNE 2

Le rideau s'ouvre : la monnaie chinoise est dévaluée. Ils ne font rien. Le rideau se ferme.

SCÈNE 3

Le rideau s'ouvre : En raison du manque de commerce des sociétés européennes et américaines basées en Chine, leurs actions chutent de 40% de leur valeur.

SCÈNE 4

Le rideau s'ouvre : Le monde est malade, la Chine achète 30% des actions de sociétés en Europe et aux États-Unis à un prix très bas. Le rideau se ferme.

SCÈNE 5

Le rideau s'ouvre : la Chine a maîtrisé la maladie et possède des sociétés en Europe et aux États-Unis. Elle décide que ces entreprises restent en Chine et gagnent 20 000 milliards de dollars. Le rideau se ferme. Comment s'appelle la pièce ????

SCÈNE 6 :

Échec et mat.

Deux vidéos ont été diffusées entre hier et aujourd'hui qui m'ont convaincu de quelque chose que je soupçonnais, mais sans fondement. C'était juste ma spéculation. Maintenant, je suis convaincu que le coronavirus a été délibérément propagé par les Chinois eux-mêmes ...

Ils s'étaient vraiment préparés :

Trois semaines après le début de ce scénario, 2 hôpitaux en 14 jours avec 12.000 lits prêts à accueillir les malades : Impressionnant.

Hier, les autorités chinoises ont annoncé qu'ils avaient bloqué l'épidémie. Ils apparaissent dans des vidéos célébrant cet arrêt, ils annoncent même avoir un vaccin. Comment pourraient-ils le créer si rapidement sans avoir toutes les informations génétiques ? Eh bien, si vous êtes le propriétaire de la formule, ce n'est pas difficile du tout.

Aujourd'hui, je viens de voir une vidéo qui explique comment Den Xiao Ping a donné à l'ouest des informations parcellaires.

En raison du coronavirus, les actions des entreprises occidentales en Chine ont chuté de façon spectaculaire. La Chine les a toutes achetées.

Les entreprises, créées par les États-Unis et l'Europe en Chine, avec toute la technologie mise en place par ces échanges et leur capital, sont passées entre les mains de la Chine, qui s'affirme maintenant avec tout ce potentiel technologique et pourra fixer des prix à volonté, vendre tout ce dont ils ont besoin à l'Occident ...

Rien de tout cela n'aurait pu arriver par hasard. La Chine qui ne s'est pas souciée de la mort de quelques vieillards ? Moins de pensions de vieillesse à payer, mais le butin est énorme. En ce moment, l'Occident est défait financièrement, en crise et stupéfait par la maladie ... et sans savoir quoi faire ...

La prochaine étape sera peut-être la dislocation de l'Europe ? ... Diviser pour mieux régner ?

De plus, la Chine est maintenant la plus grande propriétaire de trésorerie américaine avec 1,18 billion de dollars de titres surpassant le Japon.

Une autre réflexion : Pourquoi la Russie et la Corée du Nord ont une incidence faible ou nulle de Covid-19 ?

Est-ce parce qu'ils sont de fidèles alliés de la Chine ???

Par contre les Etats-Unis / Corée du Sud / Royaume-Uni / France / Italie / Espagne et les pays asiatiques pro américain sont sévèrement touchés

Comment se fait-il que Wuhan soit soudainement libéré du virus mortel ?

La Chine dit que les mesures initiales drastiques qu'ils ont prises étaient très sévères et Wuhan a été enfermée pour contenir la propagation à d'autres régions.

Pourquoi Pékin n'a pas été touchée ? Pourquoi seulement Wuhan ?

Eh bien ... Wuhan est maintenant ouverte aux affaires ...

*Le Covid 19 doit être vu dans le contexte du bras de fer engagé par la Chine contre les États-Unis afin de gagner la guerre commerciale**

L'Amérique et tous les pays mentionnés ci-dessus sont dévastés financièrement

L'économie américaine va bientôt s'effondrer comme prévu par la Chine qui sait qu'elle ne peut pas vaincre l'Amérique militairement, car les États-Unis sont actuellement le pays le plus puissant du monde.

Alors, utiliser un virus ... pour paralyser l'économie et paralyser une nation et ses capacités de défense.

Je suis sûr que Nancy Pelosi[6] a joué un rôle dans cette affaire pour renverser Trump ....

Dernièrement, le président Trump a déclaré que l'économie américaine s'améliorait sur tous les fronts et que les emplois revenaient aux États-Unis.

---

[6] Nancy Pelosi : Présidente de la Chambre des représentants qui avait ouvert une procédure de destitution contre Donald Trump le 24 septembre 2019.

La seule façon de détruire sa vision de rendre l'Amérique plus grande est de créer un chaos économique.

Nancy Pelosi n'a pas réussi à faire tomber Trump par « impeachment » ... la solution serait de travailler avec la Chine pour le détruire, en libérant un virus.

L'épidémie de Wuhan était une vitrine.

À l'apparition de l'épidémie de virus ... le président chinois Xi Jinping ... portait un simple masque RM1 pour visiter ces zones affectées.

En tant que président, il aurait dû être couvert de la tête aux pieds ... mais ce n'était pas le cas ....

Il aurait déjà été infecté pour résister à tout dommage causé par le virus ... cela signifie qu'un remède était déjà opérationnel avant le lancement du virus.

La vision de la Chine est de contrôler l'économie mondiale en achetant des stocks de pays au bord de l'effondrement ECONOMIQUE sévère ....

Plus tard, la Chine annoncera que ses chercheurs médicaux ont trouvé un remède pour détruire le virus ...

Dans un avenir très proche, la Chine possédera les stocks de toutes les alliances occidentales et ces pays seront bientôt esclaves de leur nouveau Maitre.

Le scénario me semble bien construit, j'adhère à cette idée à laquelle je rajoute des émissaires, porteurs du virus, envoyés dans le monde entier pour propager la maladie le plus rapidement possible et à un maximum de population. En résumé :

9 janvier 2020 :
« DÉCOUVERTE D'UN NOUVEAU CORONAVIRUS (SARS-COV2). CE NOUVEAU VIRUS EST RESPONSABLE D'UNE MALADIE INFECTIEUSE RESPIRATOIRE APPELÉE COVID-19 ».

26 MARS 2020 (10H00), DANS LE MONDE, 462 684 CAS CONFIRMÉS ET 20 834 DÉCÈS (OMS)

26 MARS 2020 (14H), EN FRANCE, 19 856 CAS CONFIRMÉS, 860 DÉCÈS (SANTÉ PUBLIQUE FRANCE)

La messe est dite et celle-ci révèle des carences inadmissibles en matériels et en médicaments de la part de nos gouvernants successifs qui ont allègrement bradés nos réserves et nos industries en les délocalisant ou, pire, en nous rendant totalement dépendant, entre autres, de la Chine pour les matières premières indispensables dont les produits pharmaceutiques entre autres.

J'en suis là de mes réflexions, sans pouvoir imaginer mon éventuelle infection, et celles-ci sont interrompues par un appel téléphonique. C'est le « Bavard » qui prend de mes nouvelles :

- *Salut Stan, commet tu te portes ?*
- *Impeccable bien sûr, et toi ?*
- *Pas trop mal et, heureusement, ma librairie est restée ouverte, seule la partie café a été condamnée, mais rien de grave.*
- *Tu as des nouvelles de nos copains des Tilleuls ?*
- *De presque tous, tu es un des derniers que je contacte.*
- *Comment vont-ils ?*
- *Certains ne sont pas confinés mais plutôt calfeutrés car, bien que l'expérience de notre séjour au Centre nous ait beaucoup apporté, ils ne veulent pas retourner dans le milieu hospitalier, surtout avec les risques en cas de contamination. Le seul qui brave tous les interdits, c'est le Teigneux qui s'estime invulnérable.*
- *C'est insensé et dangereux pour son entourage.*
- *Je le lui ai rappelé et il m'a répondu par un ricanement.*
- *Compte tenu de son enquête au sein du milieu médical et des relations qu'il s'est faites, il s'est peut-être traité à la Chloroquine, et il a peut-être même rencontré le professeur Raoult, c'est bien son genre.*
- *Je ne peux pas te répondre, nous n'en avons pas parlé.*
- *Et l'Impassible ?*
- *Un peu frustré car il ne peut pas profiter pleinement de son nouvel appareillage et il se contente de parcourir les allées de sa villa dans tous les sens. Il a la nostalgie de votre balade à Aix et il aimerait bien recommencer.*
- *Garde le contact avec le maximum d'entre eux et, dès que le confinement sera levé, nous organiserons une petite fête à Aix ou chez moi, pour faire le bilan de nos expériences.*
- *Très bonne idée que je vais transmettre à tous. Je pense qu'il n'y aura aucune défection.*
- *Par contre, tiens-moi informé en cas de problème de santé.*

Nous coupons la communication sur ce dernier conseil et je suis satisfait de savoir que mes anciens comparses sont tous en bonne santé.

Contamination

En moins de 3 mois nous sommes passés d'une simple alerte à une contamination généralisée et personne n'est à l'abri. Je suis à la lettre toutes les recommandations et j'adopte les gestes barrières pour me protéger au mieux.

2 avril … … j'ai les symptômes bénins du Covid 19 avec, mal de gorge, de la toux, et un début de fièvre. Les instructions sont strictes, dans ce cas rester confiné et ne se rapprocher de son médecin traitant qu'en cas d'aggravation qui se manifeste par des difficultés respiratoires.

Je consulte à nouveau pour confirmer :
- *le temps d'incubation, de l'ordre de 4 à 14 jours,*
- *les symptômes,*
- *la durée pour les cas bénins, une quinzaine de jours et une guérison spontanée,*

Je reste extrêmement vigilant avec l'espoir d'une guérison spontanée mais me revient en mémoire le silence de la vieille femme de Marrakech qui n'avait prononcé qu'un seul mot en arabe « sana », un an, et l'année était en train de s'écouler … ….

Les informations sont de plus en plus alarmantes et, confinement aidant, j'ai l'impression de vivre une séquence d'un mauvais film. Tout est calme autour de moi et nous ne pouvons que nous entrapercevoir entre voisins et nous communiquons par gestes et avec de grands sourires un peu tristes.

Les heures trainent en longueur dans un silence presqu'insupportable mais atténué par le chant des oiseaux et les mille et un bruits que nous n'avions plus l'habitude d'entendre. La nature semble avoir repris ses droits.

Je suis en paix et j'appréhende le retour à la vie dite normale. Mon rêve éveillé éclate comme une bulle qui aurait été piquée par un aiguille. En fait c'est une douleur dans les poumons et mes difficultés à respirer qui m'ont remis les pieds sur terre. Il semblerait que ce soit le message qui déclenche l'appel aux urgences pour une hospitalisation, seul moyen de vaincre ou d'être vaincu par cet ennemi insidieux.

Mon premier réflexe est celui de prendre mon portable pour appeler un de mes amis médecin pour faciliter mon admission. Après réflexion, je me remémore mon dernier séjour qui m'a laissé tant de mauvais souvenirs en plus de ces douleurs peu supportables.

Je décide de patienter, de m'enfermer à double tour dans la maison et de patienter devant mon ordinateur pour terminer, s'il est encore temps, le roman commencé après ma sortie du Centre des tilleuls.

Je traite mon cas comme un rhume en m'hydratant fréquemment, en absorbant des plats équilibrés assortis des méthodes naturelles, miel, tisanes, citron pressé et quelques cachés de paracétamol.

Après 3 jours de ce régime, je ne vais pas mieux mais je poursuis mes écritures qui me font supporter ma respiration de plus en plus haletante, mais je veux arriver à mettre le mot fin et laisser mon destin se réaliser … … …

… … ***Roman interrompu pour cas de force majeure … …*** *(Note de l'éditeur)*